周简段 著
冯大彪 主编

神州轶闻录

字裏乾坤

冯大彪

新星出版社　NEW STAR PRESS

周简段 ▼

著名文史作家、专栏作家。早年生活在北京数十年,交游广阔,熟读前贤文章,博闻强识,广泛涉猎北京的文史掌故、艺苑趣闻、名人轶事和文物珍宝,对风土民情了如指掌。1976年定居香港后,来往于香港和北京之间。自上个世纪八十年代开始,以周续端、周彬、司马庵等笔名,在香港《华侨日报》《大公报》和台湾《世界论坛报》等多家报纸开设"京华感旧录""九州逸趣""神州拾趣"等专栏,琐谈社会佚闻和文史掌故,深受读者欢迎,周简段也因此成为著名文史专栏作家;之后谈及内容遍及全国各地,专栏易名为"神州轶闻录"。本次出版,以"神州轶闻录"为名,精选周简段原出版过的内容和散佚文章,分为十册,全面反映周简段先生所谈到的那个时代的戏曲、诗文、楹联、民俗、书画、人物、饮食和社会秘闻等。

冯大彪 ▼

1938年6月生于河北蠡县,中国新闻社高级编辑。1993年获首届韬奋新闻奖,享受国务院特殊津贴,中国书法家协会会员。兼任中国人口文化促进会书画院特邀顾问,北京国墨书画院副院长,北京世纪名人国际书画院院士,兼北京卿云诗书画联谊会理事、东方书法教育家协会理事、河南中原书画研究院高级研究员、中国王羲之研究会研究员、东坡书画院名誉副院长、滇池书画院名誉院长等。

神州轶闻录

字裏乾坤

周简段 著
冯大彪 主编

新星出版社 NEW STAR PRESS

总序一

让我为《神州轶闻录》这部很有分量的丛书作序，使我惶恐！虽然在我九十年的岁月中，七十年是住在北京的：我住过"天棚鱼缸石榴树"的四合院，从西直门骑驴到过卧佛寺，吃过赛梨的萝卜和糖葫芦……但是看起《神州轶闻录》，那几卷里的掌故、风土、艺文、名胜、人情等，大都是我所不知道的。首次到北京的外国朋友和国外华侨，往往问我："你是老北京，请你告诉我逛北京要如何逛法？"我居然大言不惭地说："你首先要去的是天坛公园，那座祈年殿，是我觉得在欧、美、亚、非的任何建筑，都不能与她相比的；再就是去登上景山之巅，俯看北京城全景，故宫的设计也全看到了。此外去吃顿全聚德的烤鸭、东来顺的涮羊肉。其他就是我认为可去可不去的地方，你再听听别人的意见吧。"

我自1980年伤腿之后，不良于行，新北京的建筑，我都没有看见过，但这不是古迹，也不在我们谈话之列了。

我所能写的，就是这些。

冰　心

1991年2月26日

总序二

我顶怵写序,怕没话找话,空空洞洞,所以我轻易不答应给人写序。唯独对周简段先生(我没见过这位,所以不便加个"老"字儿)的《神州轶闻录》,我不能推辞。一则是我翻阅了曾在香港出的五辑选本,简直叫人拿起来放不下,实在有看头儿,二则一沾北京的边儿,我就不好意思溜掉。在下到底是在这儿土生土长的呀。

我出生在东直门羊倌胡同,中小学都是在安定门大三条上的。最后,又在海淀戴了下学士帽儿——就是那种挂着穗子的黑绸方帽。刨去跟学校春游到过一趟南口,十八岁前我就没出过城圈儿。可后来当上了记者,就跑起江湖来啦。不但国内,连大半个地球都跑遍了。可是不论漂到哪儿,我怎么也忘不了我的老北京。

这着实是块宝地。不但历史悠久,掌故丰富,城里城外满是名胜古迹,而且叫人怀念的,是在这里活动过的非凡人物。北京城要是座五光十色的舞台,那么更叫座的当然是在这里驰骋过的显赫角色。那真是三教九流,行行出状元。这里有纵横捭阖的政客,也有学贯中西的学者,有书画名家,也有名噪一时的曲艺泰斗,以至身怀绝技的武术大师。《名人辞典》只能告诉你这些人物的官职履历，这本《神州轶闻录》却能通过遗闻轶事，活灵活现地描绘出他们的精神面貌。

不论是对像我这样怀念老北京，一心希望重温一下故都旧梦的老年人，还是对那些急于了解昨天的青年人来说，这都是一套可心的书，可以放在枕边或揣在旅行包里随身携带的好书。篇幅都不长，既能解闷儿又长知识，必然会越看越有滋味儿。

萧　乾
1990年7月10日

总序三

"文化"是一个很大的词儿,而本书中所选的文章却是短而又短,几乎都是身边琐事,细碎平淡,小到不能再小了。这与"文化"不是有很大的矛盾吗?

我认为,关键在于如何看待文化。

我们语言中有许多最常见的词儿,一看便明白,一问便糊涂。"文化"就属于这一类。一提到"文化",谁不明白呢?然而,为什么据说世界各国学者对"文化"下的定义竟有五六百种之多,而且谁也说服不了谁呢?个中消息,耐人寻味。这就充分说明,"文化"是根本没有法子下定义的。

然而,我们用不着为此伤心失望。我们生活,我们读书,绝不是遵守某一个定义的。尽管学者用心良苦,下定义煞费精神,我们可以置之不理而心安理得地按照自己的常识去理解文化。

如果你同意我这个看法的话,那么你就会在本书所有的文章中发现文化。本书共分五个部分,哪一部分里没有文化呢?各文中所讲的故事,都看似烦琐细碎,平淡无奇;如果你愿意当作"闲书"来看,仅供茶余酒后消遣之用，从中寻求那么一点点儿小小的乐趣，你有这个权利，我也表示赞同。因为，不管这点乐趣多么渺小，它也能让你去除精神和体力的疲惫，重新抖擞精神，投入人生的或大或小的事业的搏斗中去。贤于博弈多矣。

然而，哲学家们常说：于一滴水中见大海，于一粒沙中见宇宙。难道在我们这些小的文章中不能见到大的文化吗？所有这一些戏曲、文玩、学府逸事等，又哪一个与文化无关呢？只不过在这里谈文化，不是峨冠博带，威仪俨然，不是高头讲章，而是涉笔成趣，理路天成，于琐细中见精神，于微末处见全面，让你读了以后，如食橄榄，回味无穷，陶冶性灵，增长见识。这种精神的享受，是别的文章无法代替的。难道不是这样子吗？

我就是本着这一点小小的想法，写了这一篇小序。

季羡林
1991年6月23日

序

冯大彪先生主编之《神州轶闻录》系列丛书《字里乾坤》卷,嘱余作序,在下愚钝着实惶悚,颇有言不及义而贻笑大方之虞。然对旧雨雅意却之不恭,故勉为其难,斗胆序之。

《神州轶闻录》,乃香港著名文史作家周简段先生之力作。周先生文章洋洋洒洒,包罗万象,且言微旨远,非通人达才而莫能为也。而冯大彪先生则有识才尊贤之慧眼与懿德,曾通过友人为周简段先生开辟专栏长达十年之久,从而使周先生的感旧文章如源泉奔放,一泻千里,妙绝时人,赢得海内外广大读者交口赞誉。冯大彪先生功德无量矣!

经冯大彪先生重新审订的《神州轶闻录》系列丛书,是供不同阶层读者了解祖国风土人情、遗闻轶事的文化套餐,是一份翔实、隽永而弥足珍贵的文史资料。其中《诗联闲话》卷,涉及掌故颇多,尤具文学与艺术魅力。

《字里乾坤》包括"诗话杂录"、"佳联览胜"、"名家联趣"、"汉字撷拾"四部分内容。

中国是诗的国度,自古认为诗可以"经夫妇、成孝敬、厚人伦、美教化、移风俗",具有非常重要的社会作用。该卷选录了古今之帝王、领袖、政要、骚客、哲人、名士等的稀世诗作,赏析之,自可陶冶情操,悟出人生之真谛。

楹联起源于桃符,是唐代格律诗中的对偶句发展演变成的文学形式,有"诗中之诗"的美誉,系我国文化宝库中的一颗璀璨明珠。大凡深谙律诗与楹联者,其童年时必在塾师督导下笃学《声律启蒙》和《训蒙骈句》,将"云对雨,雪对风,晚照对晴空","千山对万水,九洋对三江"等等按韵分编的"对子歌"背诵得滚瓜烂熟,从而得到语言、平仄等方面的训练。自古迄今,擅撰楹联的名家层出不穷,传世佳作俯拾即是。该卷所涉及的近代与现代诸多楹联名家,有扭转乾坤的一代伟人,也有纵横捭阖的政客;有叱咤风云的将军,也有驰骋文坛的才子;有学优才赡的教授,也有独步天下的画坛巨擘。其作品有短联亦有长联,有奇联亦有巧对,有园林佳联亦有庭院门对,有叠字联亦有嵌名联,有数学联亦有白话文联,可谓洋洋大观、妙趣横生。

"五四"新文化运动以来提倡白话文,律诗与楹联被束之高阁,旷日弥之,致使迄今青年一代已不能领略欣赏这种至善至美的传统文学,这不能不说是一种损失。

令人欣慰的是,冯大彪先生辑录并出版《字里乾坤》,实乃弘扬民族文化之举措。该书犹如甘霖,必将滋润久旱的禾苗茁壮成长。

姑作此序,聊为芹曝之献。

成善卿
2005年7月13日撰于两耕堂

目 录

诗话杂录

康熙题扇含教喻 / 3

吴趼人的《正名诗》/ 6

黄遵宪的赴港诗 / 9

迁客骚人咏澳门 / 12

康有为塞外题诗 / 18

章士钊与胡适之的文白诗斗 / 21

北大教授共赋《除夕诗》/ 24

蔡元培的题画怀乡诗 / 28

郭沫若巧改祝寿诗 / 30

郁达夫赋诗文官考试 / 33

郁达夫教嫂学诗 / 35

徐志摩观潮写《海韵》/ 38

柳亚子诗会毛泽东 / 41

柳无忌的嵌名诗 / 44

于右任嫁女诗陪嫁 / 46

叶恭绰港京诗词 / 49

诗赠盗贼 / 52

林林总总禁赌诗 / 55

讽喻世事的"剥皮诗" / 58

趣改《千家诗》 / 62

奇巧"回文诗" / 65

妙趣横生数字诗 / 71

十二属相诗 / 75

北京竹枝词 / 77

神仙院的藏头诗 / 80

佳联览胜

奇联与妙对 / 85

有趣的巧对悬联 / 88

趣说嵌兔联 / 92

有趣的嵌名联 / 96

医联杂谈 / 99

青帘沽酒话联谜 / 102

白话对联有雅趣 / 106

数字联撷趣 / 109

名胜叠字联拾趣 / 113

广告诗联 / 116

草木联话 / 120

妙联讽贪官 / 123

弥勒佛前趣联多 / 127

科举制度趣联 / 131

戏台趣联 / 134

会馆戏台多佳联 / 146

对联入戏文 / 150

趣谈婚帖对联 / 152

旧式婚礼作喜联 / 155

巧对佳联配佳偶 / 158

京城妙联拾趣 / 164

京城门对 / 167

石家大院的匾额 / 170

婺源"书乡"多楹联 / 174

名山胜景佳联多 / 177

望江楼上三联对 / 180

青城山长联 / 183

有趣的石门"绝对" / 186

桂平西山赏联 / 189

历代状元对联撷忆 / 195

金圣叹刑场对佳联 / 199

李翰林寿联挂正位 / 201

半副对联千两价 / 204

挽左宗棠联记趣 / 207

张之洞的妙联佳对 / 210

梁启超集宋词联 / 213

孙中山妙联应对张之洞 / 217

毛泽东的楹联 / 219

鲁迅题联万千情 / 222

胡适题联海泉居 / 226

章太炎妙语成联 / 228

郁达夫虎豹别墅题联 / 234

叶圣陶为车夫撰春联 / 237

张大千丹青妙手写佳联 / 240

马寅初的寿联 / 243

华罗庚妙对惊人 / 246

蔡锷征联应对 / 249

杨度撰挽联 / 252

于右任撰联 / 255

挽孙中山之长联 / 257

冯玉祥喜书对联 / 260

白崇禧题联之谜 / 264

书"福"赐"福" / 269

清代文字狱 / 271

闲话京津匾额 / 274

孔庙进士题名碑 / 278

酒令种种多奇趣 / 281

年龄称谓谈 / 284

古今数字趣谈 / 287

趣说北京的"三"和"四" / 290

有趣的"拆字" / 293

打灯谜 / 295

茶　谜 / 300

中华字谜第一碑 / 303

有趣的高考"谜题" / 306

巧用谐音兆吉祥 / 309

药名谐音表情意 / 312

名人名字多趣味 / 315

"书通二酉"源何处 / 318

"三味"与"三昧" / 321

"鲁鱼亥豕"出笑话 / 324

"风月无边"话"虫二" / 327

"藁城"之"藁"字趣谈 / 330

北京土话颇有味 / 333

言简意赅的北京谚语 / 336

俏皮北京歇后语 / 339

北京胡同改雅名 / 344

约定俗成儿化音 / 348

段玉裁和他的《说文解字注》/ 351

王懿荣与甲骨文 / 354

甲骨文专家王襄 / 357

金文专家容庚教授 / 360

语言奇才赵元任 / 362

现代名人之造字 / 364

"一字师"的故事 / 367

"幽默大师"林语堂 / 370

刘赶三嬉笑怒骂皆成戏文 / 373

施今墨巧抄妙处方 / 375

代后记 / 377

诗话杂录
shihua zalu

康熙题扇含教喻

康熙皇帝自幼聪慧好学。他五岁开始读书,亲政后,在繁忙的政务之余,还每天让人在弘德殿为自己讲儒学,在历代皇帝中算得上学识渊博者。

康熙五十七年(1718)的一天,康熙来到翰林院,除了视察外,主要是与翰林们探讨"上陈道德,下达民隐"的学问。康熙顺手将自己带的一把白绢折扇放在桌子上,走进里屋。

说来也巧,正在这时,一位叫王鸿绪的编修从外面进来,他是不久前才到翰林院供职的。此人很清高,平时谁也不放在眼里。他一进门,便看见了康熙放下的那把白绢折扇,打开一看,扇面光洁,并无字画。王鸿绪连声叹道:"可惜呀可惜,这么好的扇面怎么没有书画增辉呢?"说罢扬眉一想,何不自己在上面题诗一首呢?于是,他苦思冥想起来。然而,想了半天也未想出好句子,只好把唐代诗人王之涣的《凉州词》写上:

黄河远上白云间，一片孤城万仞山。

羌笛何须怨杨柳，春风不度玉门关。

可是不知是写得匆忙还是记得不牢，写时竟把"间"字漏掉了。

写的工夫，康熙出来取折扇。他见王翰林正在扇上题诗，不禁一愣。王鸿绪见是皇上到来，一时竟说不出话来。康熙接过扇子，不看则已，一看哭笑不得。王翰林竟将人人熟知的《凉州词》写漏一个"间"字，岂不让人笑掉大牙？于是，康熙直言道："书法很好，只是不该丢掉'间'字。"王翰林一看，果然如此。他又惊又慌，填上吧，有损章法；不填吧，又不成句子。这时，他灵机一动，躬身禀道："陛下，我录的不是王之涣的《凉州词》，乃是学写的一首长短句。"遂读道：

黄河远上，白云一片，孤城万仞山。

羌笛何须怨，杨柳春风，不度玉门关。

康熙听罢十分恼怒，明明是误笔，却还要巧言辩解，真是胆大包天。想到老一辈翰林的谦恭之态，又不禁一阵惆怅。老翰林们相继去世了，进来一批新翰林，水平差了一大截。眼前这个四十出头的王翰林，竟如此轻狂、胆大妄为，实在应教训他一番。正要开口，又忽然想到生老病死是自然规律,新老替代是势之必然。看样子,眼前这位王翰林反应机敏,头脑倒还聪明,杀杀他的狂傲之气就行了,何必苛求重责呢?

想到这里,康熙转怒为喜,微微一笑,要来笔墨,沉吟片刻,在折扇另一面写下这样一首诗:

> 旧日讲筵剩几人,徒伤老朽并君臣。
> 平生壮志衰如许,诸事灰心赖逼真。
> 求简逡巡多恍惚,遇烦留滞累精神。
> 年来词赋荒疏久,觅句深惭笔有尘。

康熙写罢搁笔,将这把折扇赐给了王翰林。在这首诗中,明为叹岁月不居,伤形骸日颓,暗含的却是教喻、劝责之义。

吴趼人的《正名诗》

以《二十年目睹之怪现状》闻名文坛的清末谴责小说家吴趼人，原名吴沃尧，字小允，广东南海（今广州）人，生于1866年，卒于1910年。吴趼人幼年居佛山镇，故以"我佛山人"为笔名。他二十五岁时到上海谋生，经常为报纸写文章。

吴趼人性格平易近人，且又幽默风趣。初到上海谋生时，他为报章撰稿以"茧人"作笔名，寓意"作茧自缚"，自叹写作之苦。吴趼人二十七岁时，有位女士为他在扇子上题字，误将"茧人"写成了"茧仁"，他看后苦笑道："看来我要成为僵蚕了！"为了避免以误传误，他干脆把"茧"字改为"趼"字。但是，这个"趼"字很生僻，不常用，很多人不知道"茧"、"趼"二字同音，所以常将"吴趼人"读作"吴研人"或"吴妍人"。这令吴趼人哭笑不得，于是，他不得不写了一首《正名诗》。诗云：

余自二十五岁以后,改号茧人。去岁又易茧作趼,音本同也,乃近日友人每书做"研",口占二十八字辨之。

姓氏从来自有真,不曾顽石证前身。

古砚经手无多日,底事频呼作研人。

类似的正名诗,他还写过:"试问妆台揽镜照,阿侬原不是妍人。"

吴趼人一生创作颇丰,除《二十年目睹之怪现状》外,还写《俏皮话》连载于《月月小说》。在《俏皮话自序》中,他幽默地说道:"我平时喜欢说笑话,大庭广众的场合,只要我一到,人们必说'某某人来了'。我一开口说话,众人常被逗得捧腹大笑。"他这种"善谐谑"的性格,形成了他的嬉笑怒骂的创作风格。

此外,吴趼人还写了大量的历史小说、言情小说、戏曲、笑话、寓言等。他日夜写作,戴着厚厚的眼镜,趴在案头笔耕不辍。不到十年时间便发表上百万字作品。

吴趼人的文思极为敏捷,下笔千言,一气呵成。他只要一忙起来,就不注意饮食,平时又嗜酒如命,常常以酒代饭,有时一个月之内只喝酒吃菜而不吃饭。久而久之,他的健康状况越来越差。他三十九岁写完《九命奇冤》和《二十年目睹之怪现状》后,就因过度劳累,得了"闻声则惊"的虚怯之症。经医治,虽有好转,但留下了哮喘病。

宣统二年（1910）初，他感觉身体状况不好，便对友人李怀霜说："我会算命，恐怕活不过今年了！"果然于当年9月19日病逝于上海，享年四十四岁。

吴趼人才高八斗、著作等身，生活上却穷困潦倒。死后家无余财，衣袋里只剩两枚银元，朋友们集资为他治丧。一个月后在他创办的"广志学堂"开追悼会，参加者有数百人之多。大家写来大量诔文、挽联，追悼会相当隆重。

黄遵宪的赴港诗

黄遵宪,字公度,清末著名诗人。他曾三度到过香港,每次都留下了诗篇。从这些诗篇中可以看出作者强烈的爱国热情,从中也可以看到一百多年前香港的风情。

黄遵宪第一次到香港,是在同治九年,即1780年,他当时二十三岁。这年秋天,黄遵宪从家乡广东嘉应州(今梅州市)到广州应乡试,没有考上。回乡时他曾绕道去香港游览,写下了《香港感怀》组诗十首,第一首是:

弹指楼台现,飞来何处峰?
为谁刈藜蓼,遍地出芙蓉。
方丈三神地,诸侯百里封。
居然成重镇,高垒矗狼烽。

第一句是黄遵宪初到香港的印象:原来是一个荒凉的小岛,弹指几十年间,出现了许多高楼大厦,不知是从何处飞来的山峰？接着就揭露"遍地出芙蓉"的丑恶现象。这里的芙蓉，不是芙蓉花，而是毒品阿芙蓉（鸦片的别名，明人《医学入门》载："鸦片一名阿芙蓉"）。当时英国以香港为基地，向内地倾销鸦片，这一罪恶贸易是香港迅速"繁荣"的重要支柱。黄遵宪自注说："以鸦片肇祸，开港后进口益多。"结尾说"居然成重镇"，指香港不仅在经济上成为帝国主义掠夺中国的主要基地，而且深沟高垒，泊舰屯兵，成了帝国主义的政治、军事要地。

诗人初到香港的感触，可以说是相当敏锐的。

在这组诗中，黄遵宪谴责清政府的昏庸无能、割地求和，抒发国土沦丧的无限悲痛。最后一首是：

> 遣使初求地，高皇全盛时。
> 六州谁铸错？一恸失燕脂。
> 凿空蚕丛辟，嘘云蜃气奇。
> 山头风猎猎，犹自误龙旗！

黄遵宪自注说："乾隆四十八年（1783），英遣使马甘利来朝，即以乞地为言。"提及乾隆曾经严词拒绝英方乞地供"夷商停歇"和"夷商居住"的要求，揭露眼下清政府割地求和、丧权辱国的卑劣行径。

年轻诗人的强烈爱国之情，反映了19世纪中叶中国许多有志之士的愤懑心境。

黄遵宪第二次到香港，是在十五年后。他又写了《到香港》一诗：

　　水是尧时日夏时，衣冠又是汉官仪。
　　登楼四望真吾土，不见黄龙上大旗！

一别十五年了，香港仍然飘扬着异国旗帜！
又过了五年，黄遵宪再过香港，百感交集之余又写下了《自香港登舟感怀》，最后两句是："龙旗猎猎张旖去，徒倚栏杆独怆神！"
二十年间，黄遵宪三过香港，始终"不见黄龙上大旗"。百年后的今天，可以告慰黄公的是，香港这颗"东方明珠"已经回到祖国的怀抱，正是："喜见五星上大旗！"

迁客骚人咏澳门

澳门在粤江口三角洲南端,旧名濠镜,因这里有天后宫,当地人称为妈阁,又称妈港。明嘉靖年间,澳门租赁给葡萄牙人通商;崇祯初年葡萄牙在此设官;清光绪十三年(1887)立约,清政府允许葡萄牙管理澳门,但不得让于他国,中国于此设关征税。澳门自古就是中国的领土,但被外国霸占长达四百七十四年(1551~1999),多少志士仁人曾为澳门的丧失而悲愤交加,挥笔吟诗抒发爱国热情。

明末反清斗士张穆当年登临望洋台时,写下五言古诗《澳门览海》,生动地描述了当年澳门的雄姿:

生处在海国,中岁逢丧乱。
萦怀数十年,破浪已汗漫。
故人建高蠹,楼船若鹅鹳。
因之慰奇观,地力尽海岸。
西夷近咸池,重译慕大汉。

宝玉与夜珠，结束异光灿。
若梦游仙瀛，金官赤霞烂。
危楼切高云，连甍展屏翰。
水上多神山，青削屡续断。
澄波或如镜，一叶亦足玩。
尔及长风回，气色忽已换。
狂澜渺何穷，万里生浩叹！

明末清初隐居澳门的志士、诗人屈大均登临西望洋山，写有一首五律，描述当年澳门船来帆往、繁荣兴旺之景象：

浮天拜水力，一气日射空。
舶口三巴外，潮门十字中。
鱼飞阴火乱，虹断瘴云通。
洋货东西至，帆乘万里风。

清初到澳门的画家吴历，著有《三巴集》一书，有一首咏澳门议事亭的诗：

晚堤收网树头腥，蛮蛋群浊酒满瓶。
海上太平无一事，双扉久闭一空亭。

澳门议事亭设于明代，是与澳门的葡萄牙人商讨贸易、办理居住事宜之地，后为"澳门总督"亚马勒所毁，1784年之后改建为市政府。

清代香山县李珠光作有《咏澳门》五律两首，切时，切地，文字瑰丽，为人称颂。其中一首曰：

孤城天设险，远近势全吞。
宝聚三巴寺，泉通十字门。
持家蛮妇贵，主教法王尊。
圣世多良策，前山锁钥门。

汤小薇女士寄我一组章士钊书写的《澳门四绝》，原诗为：

一

四百年前一海门，蒲桃初乱汉并番。
紫诠往事渔山画，几度词人问种源。

二

区区赌国海南偏，骰子生涯不计年。
隐隐扶余记人物，张坚怎抵一何贤。

三

卅载经过荷汉思，香山百里铁藜繁。
地文初次登行卷，对客摊诗录澳门。

四

燊杯夜识金银气,披雾朝窥士女颜。

浮世伶仃洋上客,梦回乍别喀罗山。

章士钊参加过辛亥革命,早年出任过北洋政府教育总长。他与汤小薇女士之父汤澄波交往很深。1957年夏天,章士钊把这首《澳门四题》赠予汤澄波。诗后小注云:"右澳门四绝句,午夜腹稿所成,明日为澄波兄哂正。丁酉夏章士钊。"诗中章士钊联想到文天祥在港澳之间海面上写的名诗《过零丁洋》,叹惜四百多年前澳门被外国占领,现在成了赌场。诗中还提到澳门知名爱国人士何贤,何贤为澳门第一特首何厚铧之父,1983年去世,生前为全国政协委员、全国人大常委。

著名诗人、学者闻一多,1925年发表了热血沸腾的《七子之歌》,将中国被列强侵占的七块土地比喻为七个儿子。其中关于澳门的几句:

> 你可知"妈港"不是我的真姓名?
> 我离开你的襁褓太久了,母亲!
> 但是他们掳去的是我的肉体,你依然保管着
> 我内心的灵魂。
> 三百年来梦寐不忘的生母啊!
> 请叫儿的乳名,叫一声"澳门"!

母亲！我要回来，母亲！

　　语言铿锵有力，感情真挚炽热，这深情满怀的诗句，就是诗人的呐喊，是澳门人的心声——我要回到祖国怀抱！我要回到母亲怀抱！

　　当时，闻一多刚从海外归来，目睹祖国的贫穷落后，深感痛心。但他没有消沉，以笔作刀枪，揭露黑暗，歌颂理想，写了大量诗作：

　　有一句话说出就是祸，
　　有一句话能点得着火，
　　你猜得透火山的沉默？
　　说不定是突然着了魔，
　　突然晴天里一个霹雳
　　爆一声
　　"咱们的中国！"
　　这话叫我今天怎么说？
　　你不信铁树开花也可，
　　那么有一句话你听着：
　　等火山忍不住了缄默，
　　不要发抖，伸舌头，顿脚，
　　等到天晴一声霹雳
　　爆一声

"咱们的中国!"

诗中大量运用了隐喻手法,表现了诗人对民众革命的信心。在诗人遇难四十三年后,澳门终于回到了母亲的怀抱,诗人在天有灵也该欣慰了。

康有为塞外题诗

1924年冬,康有为应幼年时期的好友陈重远之邀,从苏州北上,到达塞外张家口。

1月19日(农历十二月十四日)清晨,康有为在六十多位乡儒、乡绅和好友的陪同下,游览了张家口的古长城、大境门和玉皇阁,继而登临赐儿山云泉寺。

云泉寺乃塞外著名古刹,始建于明洪武二十六年(1393)。此处海拔一千米之多,峭壁如削,万木峥嵘,亭台楼阁古色古香、错落有致。一条石阶路由北趋南,盘旋而上,犹如白色长龙隐现在繁茵之中。时年六十六岁的康有为神采奕奕,拾级而上。由于年事已高,攀登不多时便气喘吁吁,汗流浃背。因感于"山川缟素,天地一白",遂作《雾雪云泉寺》诗一首:

山县关城早,天寒日暮愁。
夕晖千白雪,吾爱云泉寺。

日出松石上，诗清情复幽。
　　后人今不见，应共忆此游。

康有为题诗后游兴更浓，便沿着羊肠小路迤逦而上，过万松亭，直达山巅。群山在脚下，远处长城蜿蜒如巨龙，他俯瞰张家口全景，心胸豁然，感慨万千，不由又吟诗一首：

　　行行积雪里，
　　渐入浮云端。
　　前路青天近，
　　冷冷诗骨寒。

随后，康有为在众人的指引下，来到云泉寺大殿西崖下，观赏了风、水、冰三个洞，听友人讲述了这三个洞的由来及奇妙的传说。康有为听后又诗兴大发，旋即写下了一首八句五言诗：

　　崖石青天里，
　　悬洞堪称奇。
　　仙人原有宅，
　　醉语亦成诗。
　　凝静听崩雪，

山空闻折枝。

平明出谷口,

险尽尚惊疑。

在康有为兴致勃勃之时,友人又陪他到寺院依崖阁欣赏崖上历代文人墨客的壁上题诗。其中有曾与康有为同朝为官的御史安维峻、礼部右侍郎志锐(珍妃的哥哥)的题诗。这两人因上疏弹劾慈禧、李鸿章,被流放塞外,在游云泉寺时留下了诗句。

康有为在下山途中,看到云泉寺殿顶上有深绿色的脊兽,极为惊奇。乡绅士们解释说,这是明朝的遗物,乃嘉靖皇帝去五台山敬香时带回来的。康有为仔细看后,确认是明朝的遗物,连连称道。

1924年1月22日,康有为告别张家口,途经古城宣化稍停,然后返回北京。

章士钊与胡适之的文白诗斗

胡适之自幼饱读诗书,成年后却竭力倡导白话文。而同时期的章士钊办《甲寅》杂志,拼命反对白话文,大骂白话文。1925年正月,胡章二人在前门外廊房头条撷英番菜馆相遇,有人给章照相,章便邀胡合影。之后章士钊在送胡适之照片时题了一首白话诗:

你姓胡,我姓章,
你讲什么新文学,
我开口还是我的老腔。
你不攻我不驳,
双双并座,各有各的心肠。
将来三五十年后,
这个相片好作文学纪念看。
哈哈,
我写白话歪词送给你,

总算是老章投了降。

胡适之毫不示弱,写了一首旧体诗送给章士钊:

但开风气不为师,龚生此言吾最喜。
同是曾开风气人,愿长相亲不相鄙。

章诗写于这一年2月5日,胡诗写于2月9日。今日重读二诗,的确也使人感到"好作文学纪念看",章士钊真是言中了。

《甲寅》杂志号称"老虎报",它一律登文言文,在广告中说:"文字须求雅驯,白话恕不刊布。"章士钊于1925年9月发表了《评新文化运动》,10月又发表了《评新文学运动》,以《甲寅》为阵地,对新文化运动发起猛攻,一时鲁迅、周作人、徐志摩、高一涵、郁达夫、成仿吾等都奋起还击。胡适之在《京报》副刊《国语周报》上发表了《老章又反叛了》一文,予以还击。文中引了章送他的那首白话诗,因为诗中有"总算是老章投了降"一句,所以题目说"又反叛了"。胡适之在文中说《甲寅》广告中不登白话文的话是"悻悻然小丈夫的气度"。

章胡在文章中争论十分激烈,但私下饮馔相逢,还是十分客气的。有一次在上海,汪原放①请客,座上有章士钊、胡适之、陈独秀。胡适之当面对章士钊说:你的文章不值一驳。章士钊却也不生气,汪原放十分赞赏他的雅量。

---

① 现代出版家、翻译家

北大教授共赋《除夕诗》

1918年，胡适执教北大，应某杂志编辑之请，写了一首诗，题名"除夕"：

> 除夕过了六七日，
> 忽然有人来讨除夕诗！
> 除夕"一去不复返"，
> 如今回想未免已太迟！
> 那天孟和①请我吃年饭，
> 记不清楚几只碗，
> 但记海参、银鱼下饺子，
> 听说这是北方的习惯。
> 饭后浓茶水果助谈天，
> 天津梨子真新鲜！

---

① 孟和即陶孟和，社会学家，时亦任北大教授

吾乡雪梨岂不好，
比起他来不值钱！
若问谈的什么事，
这个更不容易记。
像是易卜生和白里欧，
这本戏和那本戏。
吃完梨子喝完茶，
夜深风冷独回家，
回家写了一封除夕信，
预备明天寄与"他"①！

　　胡适是白话诗的倡导者，也是第一个用白话写诗的名家。这首诗也如胡适的其他白话诗作一样，平直如话。

　　当时，同在北大任教的刘半农，也有一首以"除夕"为题的诗：

一

除夕是寻常事，
做诗为什么？
不当他除夕，

---

①　当时第三人称都用"他"字，尚无"她"、"它"二字，这里"他"当为"她"

当作平常日子过。
这天我在绍兴县馆里,
馆里大树甚多。
风来树动,
声如大海生波。
静听风声,
把长夜消磨。

二

主人周氏兄弟①
与我谈天——
欲招"缪撒"②,
欲造"蒲鞭"③,
说今年已尽,
这等事,待来年。

三

夜已深,辞别进城,
满街车马纷扰,
远远近近多爆竹声。
此时谁最闲适?——

---

① 鲁迅和周作人
② 希腊神话中掌文艺之女神
③ 日本杂志中倡文艺批评之栏目名

地上只一个我!
天上三五寒星!

此诗风格平直如胡诗,但除夕夜犹与周氏兄弟议文艺工作,较之只是吃饺子、海参、津梨,含义似更胜一筹了。

蔡元培的题画怀乡诗

蔡元培先生是现代著名民主革命家、教育家。他博精群籍,学识宏富,思想进步,德高望重,桃李满天下,享誉海内外。

蔡元培先生的童年和青年时期是在家乡绍兴度过的。蔡元培中年以后,荣膺重任,离乡日久,但对故乡风物仍心向往之,且时时处处予以关怀。他说:"吾辈既为绍兴之人,则绍兴一切之事,非即吾辈之责任乎!"他曾遍游越中山川和名胜古迹,并多有诗词流传,如《游绍兴石佛寺题名记》、《重修贺秘监祠记》等,爱乡之情溢于言表。

1934年,年逾花甲的蔡元培任中央研究院院长,仍致力于培养高级科技人才,为中国的科学教育事业倾注心力。他经常往返于沪宁道上,席不暇暖。这一年的12月中旬,蔡元培的同乡挚友——时任国民政府公务员惩戒委员会委员、居住在南京的陶冶公怀抱一叠乡人陈庆均先生所作的《越州名胜图》,送请蔡元培过目题词。蔡先生逐一浏览，赞赏不绝，欣然在扉页上题七绝一首：

> 故乡尽有好湖山，八载常萦魂梦间。
> 最羡卧游若有术，十篇妙绘若循环。

诗的落款是"廿三年十二月蔡元培"九个字。

12月17日，蔡先生请人给陶冶公送去这首题诗，并寄去一封短笺：

> 冶公先生公鉴：
> 承枉顾，领教为快。属题越州名胜图已题一绝，奉璧，请正之，并候日绥。
> 弟蔡元培敬启

蔡元培的这首怀乡诗和十幅《越州名胜图》，后由陶冶公装裱成册页，精心保藏，后来一并捐献给了绍兴市人民政府，收藏在绍兴鲁迅纪念馆。

郭沫若巧改祝寿诗

剧作家于伶早年系北京大学法学院俄文法政系出身，在戏剧、电影方面却取得了令人瞩目的成就。

抗日战争期间，于伶坚守在上海"孤岛"，组建了"上海剧艺社"，公演了大量的抗敌剧作和世界名剧。他的创作十分迅速，有时为了紧跟抗战的形势，干脆不打底稿，直接用钢板、蜡纸赶写剧本，剧艺社同仁则日夜赶排，以便尽快搬上舞台。他写的几十部宣传抗日救亡的"国防"剧作，有几部在沦陷区和大后方引起了较大的反响。五幕剧《花溅泪》和《夜上海》均写于1939年。《夜上海》还被改编拍成电影。该剧以主人公梅岭春一家人在"八一三"淞沪抗战爆发后的活动为线索，广阔而深刻地反映了当时上海各阶层的生活状态，抒发了中国人民抗日救亡的心声。《杏花春雨江南》是《夜上海》的姊妹篇，叙述了太平洋战争爆发后，梅岭春一家人返回故乡，和当地抗日救国军一道，为保卫乡土家园和敌人展开了殊死的斗争。《长夜行》反映了上海沦陷前后爱国文人和敌伪的斗争，以及社会下层民众的苦难生活。《大明英烈传》以明代采石矶大战为背景，借古论今，宣扬了强烈的民族意识，激励国人抗日救国的勇气和信心。

1943年，于伶来到陪都重庆，住在一座小山上的玉皇观里。他同夏衍、宋之的、章泯、金山、赵铭彝等人成立了中国艺术剧社，请陈鲤庭、史东山、司徒慧敏、郑君里等组成导演班子，由金山、蓝马、王苹、凰子、张瑞芳、叶露茜、路曦、秦怡、顾而已、陶金、吴茵等组成强大的演员阵容。剧团成立后，第一炮由宋之的编剧、洪深导演的《祖国在呼唤》打响。紧接着，章泯导演的曹禺两部近作《北京人》和《家》先后上演。曹禺根据巴金原著改编的《家》赢得四川观众特别是青年观众的赞赏，竟先后演了八十六场。

这年2月23日是于伶三十七岁生日。夏衍、廖沫沙、胡绳、乔冠华等欢聚一堂为他祝寿。众人在小酒馆的火锅席上联成一首祝寿诗：

长夜行人三十七，如花溅泪几吞声。
杏花春雨江南日，英烈传奇说大明。

诗成之后，众人请郭沫若写成条幅。郭沫若吟咏并细细品味祝寿诗后，觉得诗韵虽佳，亦将于伶的几部代表作

和他的年龄拼组得天衣无缝,但作为祝寿诗,其情调略伤于悱恻,有低沉之感。于是沉吟片刻,笔走龙蛇,将原诗改为:

大明英烈见传奇,长夜行人路不迷!
春雨江南三七度,如花溅泪发新枝。

虽然只改换了几个字,重排了句子的次序,但诗韵铿锵,豪情满纸,调子比原诗高出一筹,让人不由得拍案叫绝!

郁达夫赋诗文官考试

友人寄来一本新出版的郁达夫先生的诗集，收集的诗不多，其中一首写于1919年10月19日，题为"晨进东华门口占"：

疏星淡月夜初残，钟鼓严城欲渡难。
耐得早朝辛苦否？东华门外晓风寒。

诗后作者自注："今日为高等文官考试之第一日，余起床时，刚三点半，微月一痕，浓霜满地，进东华门时口占一绝云。"这诗写得十分潇洒，颇有些清朝新进士入朝殿试时的余风遗韵。中国科举考试制度，经过几百年的沧桑，到1904年正式废除。辛亥革命之后，北洋政府制定了高等文官考试和普通文官考试的办法，不定期地举行考试来遴选官吏。文官考试有政治、法律、外交等科目，考中了，就可以"荐任官吏"，政治科名次在前的可以放县长,外交科名次在前的可以放参赞。郁达夫当时在东京留学,赶回北京报考文官考试,报的是外交科。

报考高等文官,由各省地方官推荐,到了北京,还要找两位本籍京官作保,以防假冒,被保荐的人照例要送京官一笔谢仪。清代的京官官俸极少,这笔谢仪确实补益不小。民国初年,仍然参照清代的办法,参加文官考试的人,仍然要在京的官吏(有荐任资格者)作保才能应考。鲁迅先生当时在教育部任佥事,是荐任最高级,足有资格做高等文官应试者的保人。不过郁达夫当时的保人是谁就不知道了。考试的地点是在故宫文华殿,所以郁达夫披星戴月,大清早要赶到东华门等候点名领卷。

遗憾的是这次考试郁达夫名落孙山。没有考中高等文官,便仍要到日本读书去,临行时郁达夫的哥哥赋送行诗云:

一片卢沟月,怜君万里行。
清谈当此夜,难尽别离情。

郁达夫也给哥哥留了离别诗:

迹似飞蓬人似雁,东门祖道又离群。
秋风江上芙蓉落,旧垒巢边燕子分。
薄有狂才追杜牧,应无好梦到刘蕡。
明朝去赋扶桑日,心事苍茫不可云。

郁达夫教嫂学诗

郁达夫的长嫂陈碧岑,1883年出生在安徽泗县清江浦。自幼父母双亡,虽有求知欲望,但只能自学,直到十四岁时,方得在伯父家读书数月而已。1911年陈碧岑与郁曼陀结婚后,得丈夫辅导,始读唐诗。

1913年郁达夫随兄嫂去日本时,年仅二十岁的长嫂对年方十七岁且又自幼丧父、远离家乡的郁达夫来说,确如富阳人所说"长嫂为娘"。白天郁曼陀忙公务,郁达夫入校学日文,陈碧岑做饭洗衣,料理一家人的生活。晚间弟兄二人做毕功课,才有时间谈古论今,切磋诗词。这时她也跟着学学诗,或请郁达夫辅导日文。陈碧岑回忆在日本时的生活说:"我们三人长日为伴,但达夫要谈的话,要做的事,多半先给我讲,需要经得他大哥同意的,才由我传达。我们回国后,他在日本给他大哥的信没有给我的多,光是信中有诗作唱和的就有十几封,我一直保存着,直至献给国家。"

郁达夫曾写很长的信教长嫂学诗，下面就是他1916年二十岁时所写家书中的一段：

吾嫂学诗，盛唐不及中唐，中唐不及晚唐。与其失之粗俗，宁失之纤巧，女人究竟不应作'欲上青天揽日月'语，弟意李杜诗竟可不读，入手应诵李义山温八叉诸人诗。在宋则欧阳永叔曾南丰陆剑南诸家诗可诵。元明人诗，弟未曾披读，故不敢言。然而王世贞、李东阳诸家不合使闺阁中人模仿。吴梅村诗，风光细腻，唐宋诗之集大成者。家中有全集在，可取读之。不必半年，行见吾嫂之诗句较香菱更敏丽矣。清朝诗唯王渔洋全集可诵。赵瓯北、袁子才诸家诗瑕不掩瑜。近人樊樊山、陈伯严诸人诗则大抵画虎不成之狗矣。沈归愚尚书，最喜用好看字面，昔人之所谓"至宝丹"也。然女流诗人，正不可少此至宝丹。究竟堂上夫人，本文庵中道姑为愈耳。弟诗虽尚乏门径，然窃慕吴梅村诗路。有人赞"乱离年少乏多泪，行李家贫只旧书"为似吴梅村者，弟亦以此等句为得意作也。曼兄再三戒弟以勿骄，前年弟曾有百钱财主笑人之习，近且欲对黄狗也低头矣。前次狂言，唯向我亲爱之兄嫂言之，以示得意，决不至逢人乱道也……

陈碧岑于1982年在上海病故后,学林出版社为她和郁曼陀合出了《郁曼陀陈碧岑静远堂诗集》,其中收有她1914年写的《奇怀达夫弟二首》:

犹忆他乡同作客,哪知今日独思君。
一家羁旅留京国,千里音书望暮云。

扶桑西望是长安,横海风波道路难。
何日小屏红烛底,相将斗句离盘餐。

郁达夫也有《奉答长嫂兼呈曼兄四首》,回忆那段叔嫂情。

徐志摩观潮写《海韵》

1923年8月中旬,"新月派"诗人徐志摩在北京接到海宁家中的电报:"祖母病危速回!"得此噩讯,他日夜兼程返回故乡,唯恐迟了再也见不到慈祥的老祖母。他回到家第十一天,祖母溘然长逝。

料理完后事,徐志摩约几个好朋友同去海宁盐官观潮,好让海涛冲刷去失去亲人的痛苦。徐志摩给胡适等人写了信,信中徐志摩还写上了李白的《横江词》:

海神来过恶风回,浪打天门石壁开。
浙江八月何如此,涛似连山喷雪来。

9月29日,被徐志摩触动了雅兴的胡适、陶行知、任叔永、陈衡哲、朱经农、高梦旦、曹佩馨等人如约到达海宁。徐志摩带他们泛舟畅谈。在船橹的咿呀声中,他们品尝了徐的家乡菜饭:大白肉、粉皮包头鱼、豆腐小白菜、芊芃等，还一路谈诗论文，好不惬意！

一行人到了盐官，登上占鳌塔。其时还没到涨潮时间，寂静的钱塘江江面如锦缎般银光闪烁。在这平静的江面上，挂着白帆的渔船荡漾着。二十余天来徐志摩紧紧压缩着的痛苦的心，在这辽阔的江面上，渐渐舒展开来了。徐志摩说："诸位，在我眼中，这季节仿佛忘却了春天，树枝不再展现叶子的嫩绿，更没有我所喜欢的高远处蓝天上飘过的朵朵轻云。"

就在徐志摩说话的当儿，堤岸上的几个小男孩，裤腿卷得高高的，挥手高呼道："涨潮了！涨潮了！"只见远处天际隐隐一条白线在微微抖动，转瞬间那条白线已变成万匹并驾齐驱的白马，披散着白色的鬃毛，吼着、奔着，银山浪谷、吞天沃日。潮水涌至占鳌塔前，一片青气成堆雪，白虹一线呈奇观……大潮过后，江面余波荡漾，令人回味无穷。

夕阳西下，徐志摩一行人踏着晚霞归去。堤岸上的树叶在秋风中摇曳，几片落叶悠悠地飘落在江面上。途中，徐志摩发现有一女郎正独步黄昏沙滩上。少女与大自然的景观给了诗人无限遐想，于是他写下了著名的《海韵》道：

女郎，在哪里，女郎？
在哪里，你嘹亮的歌声？
在哪里，你窈窕的身影？

在哪里，啊勇敢的女郎？
黑夜吞没了星辉，
这海边再没有光芒，
海潮吞没了沙滩，
沙滩上再不见女郎——
再不见女郎！

柳亚子诗会毛泽东

1949年3月25日,毛泽东及其他中央领导从石家庄乘飞机抵北平西郊机场,在京的爱国民主人士柳亚子等到机场欢迎。当晚,毛泽东在颐和园益寿堂举行宴会,宴请来北平参加第一届政协会议的民主人士。主客两席共二十人,除柳亚子、李锡九、黄炎培、许德珩、陈叔通,沈钧儒、郭沫若等民主人士外,尚有周恩来、李维汉等中央领导参加。晚宴后,柳亚子回到六国饭店,满怀激动写下了"民众翻身从此始,工农出路更无疑"的诗篇,热情地讴歌了中国共产党领导广大人民取得的伟大胜利,表达了亿万人民翻身得解放的欢乐心情。

3月28日,柳亚子想赴香山碧云寺拜谒孙中山灵堂,一时无车可乘,心情十分苦闷,作一首七律《感事呈毛主席》:

开天辟地君真健,说项依刘我大难。
夺席谈经非五鹿,无车弹铗怨冯?。

头颅早悔平生贱，肝胆宁忘一寸丹。

安得南征驰捷报，分湖便是子陵滩。

此诗写后不久，4月25日，柳亚子便从六国饭店移居颐和园益寿堂。

29日上午，柳亚子游览完颐和园回到益寿堂后得到毛泽东回赠《七律·和柳亚子先生》诗，中有"牢骚太盛防肠断，风物长宜放眼量。莫道昆明池水浅，观鱼胜过富春江"等句。当日，柳亚子依原韵奉和两首寄呈毛泽东，表示希望长期卜居北京。

5月1日，毛泽东亲至颐和园访见柳亚子，并一起游览长廊，乘画舫绕昆明湖一周，观赏颐和园的湖光山色。柳亚子趁此机会"面陈衷曲"，即有心拜祭孙中山灵堂而无车可乘之苦恼。5月5日是孙中山就职非常大总统二十八周年纪念日。这天，毛泽东派秘书田家英率卫士、摄影师，带专车接柳亚子夫妇赴香山碧云寺拜谒孙中山灵堂及衣冠冢，了却了柳亚子一桩心愿。晚上，毛泽东在香山双清别墅设宴款待柳亚子和夫人郑佩宜女士，由朱德、田家英等人作陪，席间宾主"谈宴极欢"。

柳亚子非常喜欢颐和园秀丽的山光水色，在给毛泽东的诗中有"倘遣名园长属我，躬耕原不恋吴江"，"名园真许长期借，金粉楼台胜渡江"等句，表达了他对颐和园的爱恋之情。在给子女的家信中，他也十分高兴地写道："颐和园住得非常开心,不想还家……此地是皇宫,我们居然享受帝王之乐,也算是翻身了。"

柳亚子从1949年4月至11月,在颐和园益寿堂居住了七个月。由于益寿堂内寒冷,冬季不便居住,他便迁往北京饭店居住。1950年9月11日,柳亚子从北京饭店迁居北长街八十九号,毛泽东用柳亚子词中"上天下地,把握今朝"句,为其居室题字"上天下地之庐"。

柳无忌的嵌名诗

友人送给我一本纪念南开大学建校七十周年的《南开大学校史》。在书的插页照片中，一眼看到了当年英文系主任柳无忌教授的旧影。

柳无忌是柳亚子的独子，清光绪三十三年（1907）出生于江苏吴江县黎里镇。在家乡读完小学，而后入圣约翰青年会学校、圣约翰中学，后升入圣约翰大学。"五卅惨案"爆发后，他和同学们在校园里升起国旗，受到美国校长指斥，遂和一些同学愤然离校，转入清华大学。两年后，柳无忌到美国留学，在耶鲁大学攻读英国文学，获博士学位。后到英国大不列颠博物馆研究中国文学。在英国与留美专攻生物学的高蔼鸿女士结婚。

1931年，柳无忌回国，在南开大学任英文系主任。他教课颇多，有英国文学史、欧洲小说史、英国戏剧、文学批评与英国现代文学等。当时，南开的英文系教师人才济济，如陈钦仁、司徒月兰、赵诏熊、张彭春、黄佐临等，多为留学英美的博士。"七七"事变前,为南开英文系全盛时期,出版有《人生与文学》期刊,在社会上发行。抗战初期,南开、清华和北大三校迁到长沙成立临时大学,柳无忌在外文系任教。他在课余著有《南岳日记》,记载名胜古迹、教学趣事,以及个人生活观感,抒发满怀国难家愁之感。其间,柳无忌作有一首诗,以文学院诸教授之姓名入句,颇为风趣。诗云:

冯兰雅趣竟如何(冯友兰),闻一由来未见多(闻一多)。

性缓佩弦犹可急(朱自清,字佩弦),愿公超上莫蹉跎(叶公超)。

鼎沈洛水是耶非(沈有鼎),秉璧犹能完莹归(邓秉璧)。

养士三千江上浦(浦江清),无忌何时破赵围(柳无忌)。

功在朝廷光史册(罗光廷),停云千古留大名(停云楼为文学院教授宿舍)。

半年后,临时大学迁往昆明,改称西南联大,柳无忌仍任外文系教授,讲授英国文学史和戏剧两门课。1941年春,柳无忌到重庆中央大学外文系和师范学院英文系执教。

于右任嫁女诗陪嫁

1921年,于右任率陕西靖国军与陕西都督陈树藩部作战期间,他的爱女芝秀出嫁,乘龙快婿是被他连声夸赞为"奇士"的屈武。

于右任为何这样连声夸赞屈武呢?原来,这位屈武在"五四"运动时就是有名的学生领袖。那时他在西安上学,和同学们一起高举"外抗强权,内除国贼"的大标语在街上游行示威,后来被选为赴京请愿代表。到北京见到总统徐世昌时,屈武激昂陈词,坚决表示"誓死收回青岛"、"废除二十一条"。当他讲到当时北京政府丧权辱国的罪行时,愤怒地以头碰地,血流满脸。次日,全国各大报纸都在显著版面刊登"屈武血溅总统府"的消息,屈武的爱国精神受到全国人民的称颂。后来屈武考入北京大学就读,对时局仍然十分关心,经常参加陕西的革命活动。屈武与靖国军总司令于右任和总指挥胡景翼都有过接触,才干备受于、胡赞赏。

在胡景翼的撮合下，屈武、于芝秀喜结连理。但是陕西干戈不止，战事频繁，于右任身为靖国军总司令，忙于军政无暇为爱女操办婚事，无奈之下只好请夫人送爱女赴北京与屈武完婚。爱女出嫁时，于右任别出心裁赋诗为女儿做陪嫁。其陪嫁诗如下：

春风苏百草，送尔出关门。
遇合从儿愿，追随念母恩。
家庭新创造，文学旧思存。
应念空山老，诗笺印血痕。

世人如问我，勉强说平安。
百战身将老，三年枕未干。
秦兵仍奋激，民党更艰难。
素蓄澄清愿，时危肯自宽。

海上攻书日，关中省父时。
岁饥兵不饱，女大嫁因迟。
多事添媒妁，无端累义师。
人心未可测，究竟有天知。

汝婿亦奇士，青年才美誉。
忱同屈正则，事类申包胥。

至理无贫贱,浮云有卷舒。
进修齐努力,喜偶复谁如。

从这几首诗里,可以看出于右任对屈武的赞赏之情。他赞赏女婿的革命气概,勉励女儿、女婿要"进修齐努力",对革命前途持乐观态度。在当时那样的形势下,以诗陪嫁是十分可贵的。

于右任1964年11月10日在台北逝世。他的一些诗作,如《怀念大陆及旧友》、《望大陆》等,至今在读者中广泛地传诵。尤其那首"葬我于高山之上兮,望我大陆。大陆不可见兮,只有痛哭!葬我于高山之上兮,望我故乡。故乡不可见兮,永不能忘!……"至今读来仍令人潸然。

叶恭绰港京诗词

叶恭绰,字遐庵。1923年,在日本神户的叶恭绰应孙中山先生之召,转道香港,到广州担任大本营的财政部长。后来广东政府欲与北方段祺瑞、张作霖合作,命他北来斡旋,所以他又北上,担任了段祺瑞执政府的交通总长。叶恭绰晚年在北京任画院院长及文史馆长。1968年在动乱中去世。

叶恭绰词学造诣极深,少时曾学词于文廷式。他的书法宗何子贞一派,绘事意境亦深,《遐庵类稿》中题画诗颇多。

抗战期间,叶恭绰到香港,作有七律《沪破南归至港晤次周叔有诗见及因和》:

> 南还依旧作劳人,投老羞存后死身。
> 国运倘期贞下会,乡愁频扰定中尘。
> 霜筠节苦终无忝,雪栝心枯久不春。

回斡旋转应有属,几时同作太平民。

这诗后来有九叠原韵,都是在香港作的。六叠结句云:"凄绝归来辽鹤语,只余城郭少人民。"九叠绝句云:"匡时报国吾何有,愧托尘间作一民。"感时忧国之心,溢于言表。

1938年,叶恭绰在香港度中秋,游汲水门赏月,作词《望江南》:

中秋月,香港景翻新。箫鼓中流凌万顷,簪裙豪气压千人。碧海正无尘。

词注说:"华灯画舫,溶与碧波间,胜概豪情,一时称盛。"

叶恭绰足迹踏遍海内外,感情最深的地方还是北京。在另一首《望江南》中他深情地描述了在北京过中秋的情景:

中秋月,孤赏翠微旁。小筑幽栖原幻住,安心是处更无乡。惆怅不能狂。

词后注云:"北平西山秘魔崖下幻住园,净持葬地也。花木荫翳,景殊幽寂,余中秋数宿此。"幻住园是叶恭绰在西山群的坟地,小有园林之胜,他元配夫人早死,就葬在这里。30年代初,他寓苏州,女儿女婿北归去西山扫墓,他拍了照片,让女儿带到墓前烧化,并赋四绝句,告慰夫人于地下。其中一首道:

> 土木形骸一写真,临风非复旧丰神,
> 故吾今我凭君认,告我今宵梦里闻。

一往情深,凄婉欲绝。叶恭绰离开北京后,曾有"离燕地四年矣,春来念幻住园中群花将发,感赋一律"之作,亦极为感人。

诗赠盗贼

盗贼打家劫舍，人们谈及往往色变。有的诗人却能坦然相对，且以诗相赠。

唐代诗人李涉乘船前往九江，夜经皖口时遇盗贼拦截。盗贼厉声喝问："船上何人？"李涉站立船头，从容回答："李涉博士。"强盗头领恰是好诗之人，久仰李涉诗才，如今得见，欣喜万分，便将杀人越货之心抛去，要求李涉赋诗相赠。李涉随口吟道：

> 暮雨潇潇江上村，绿林豪客夜知闻。
> 欣逢不用相回避，世上如今半是君。

首二句写实，记此夜与盗贼相遇的事；末二句借此发挥，对盗贼的境遇寄予深切同情，抒发对当时社会的动荡、政治的腐败的满怀愤慨。盗贼头领闻诗大喜，拱手致意，让李涉的船扬帆而去。

元朝末年社会混乱,江西泰和儒生邓学诗与母亲同被盗贼抓获。为首的强盗略有诗才,知道邓学诗学识渊博,又是有名的孝子,顿生同情之心,以酒饭热情款待,并提出与邓对诗,若能对上就释放他们母子二人。盗首遂当即吟诵道:

当此干戈际,负母沿街走。
遇我慈悲人,与汝一杯酒。
我亦有佳儿,雪色同冰藕。
亦欲如汝贤,未知天从否?

诗句描述了眼前情景,表达了希望自己的儿子将来有邓学诗一样的道德品质的愿望,透露出自己为盗的不得已。邓学诗被其诗打动,遂唱和道:

铁马从西来,满城人惊走。
我母年七十,两脚如醉酒。
白刃加我身,一命悬丝藕。
感公恩如天,未知能报否?

盗首听了,马上派手下人护送邓学诗母子离开。

明代老儒沈质,家贫如洗,以做塾师为生。一个冬夜,一小偷越窗而入,东翻西找一番竟一无所获。因夜寒被薄而并未入睡的沈质发话道："穿墙的君子，劳你白走一遭，姑且送一首诗给你吧！"遂赋诗道：

风寒月黑夜沉沉，辜负劳心走一遭。
架上古诗三四束，也堪将去教儿曹。

小偷听了仓皇逃走。此事传出后，沈质安居寒舍，再无盗贼光顾。

一天深夜，同乡某人潜入郑板桥家。郑板桥被翻东西的声音惊醒，借朦胧月光他认出了小偷。为了给对方留面子，郑板桥稍加思考便吟诗道："大风起兮月正昏，有劳君子到寒门。"小偷一听知道已被发觉，便在原地不敢动弹。郑板桥见稳住了小偷，遂又吟道："诗书腹内藏千卷，钱串床头无半文。"小偷听了，知道无油水可捞，于是转身出门。郑板桥又吟道："出门休惊黄尾犬，越墙莫碍绿花盆。"小偷于是小心翼翼地躲开黄犬，绕过花盆。刚松了一口气，又听到两句诗传至耳畔："夜深不及披衣送，收拾雄心往别村。"小偷尴尬地摇头苦笑，然后飞快远遁。

林林总总禁赌诗

中国人有赌博的恶习,自古以来民间就流传着许多禁赌诗。这些禁赌诗内容丰富,形式多样,今天读来仍有启迪作用。

清代吴文晖有这样一首诗:"相唤相呼日征逐,野狐迷人无比酷。一场纵赌百家贫,后车难鉴前车覆。"此诗形象地写出了赌徒沉迷赌博的情景和给人们生活带来的危害。清代诗人黄安涛也有一首《戒赌诗》:"已将华屋付他人,哪借良田贻祖父。室人交谪泪如雨,典到嫁时衣太苦。出门郎又摇摊去(摇摊是一种赌博形式),厨下无烟炊断午。"恣意纵赌而招致家业输光、衣食无着的窘况跃然纸上,可称为禁赌诗中的佳作。

民间流传的禁赌诗更多。有一首"合字诗",拆字作诗,合字解义,形式独特,读来非常有趣。诗这样写道:

贝者是人不是人,只因今贝起祸根。

有朝一日分贝了,到头成为贝戎人。

"贝者"合为"赌","今贝"合为"贪","分贝"合为"贫","贝戎"合为"贼"。赌、贪、贫、贼四个字,就是赌徒的必然下场。这首诗用语通俗,选词精到,意境深邃,读之朴实而清新,别具一格。

清代画家李鱓的朋友李发嗜赌,闹得夫妻不和,家里鸡犬不宁。有一次,李发又赌,直输得身无分文。李鱓闻之,就送了李发一幅画,让他作赌资。画中的人物极像李发的妻子,还有题诗云:

丈夫在外赌红了眼,妻子在家干瞪着眼。
两个孩子饿昏了眼,梁上绳扣正张着眼。

李发看后,良心上受到谴责,于是便痛改恶习。

社会上流传着一首《耍赌八害》的歌谣,采取四字一句的形式,把赌博的危害讲得深入浅出,易读易记:

输了拼命,赢了心惊,见利忘义,翻脸无情。
打架斗殴,争吵不休,穷途末路,便下毒手。
浪费时光,危害健康,昏昏沉沉,前途无望。
通宵达旦,精神不满,干活失神,事故难免。

狼藉名声，配偶难成，纵然有家，各奔西东。
输急红眼，倾家荡产，明偷暗抢，锒铛入监。
一上贼船，再下困难，苦头吃尽，受害匪浅。
贻误后代，风气败坏，毒化社会，民族受害。

正是因为赌博危害极大，禁赌自古用重刑。先秦时代对赌博者"挞其股"，还要在脸上刺字。汉代处罚也很重，老百姓要砍断手，官吏则戴枷终身劳役。宋代更为严厉，赌博者"俱处斩，邻居庇匿不报者，同罪"。这就是说，赌博罪要杀头，知情不报也要杀头。

讽喻世事的"剥皮诗"

剥皮诗,亦称"剥体诗"。在形式上,是把前人有影响的诗句巧妙地加以改动,反映作者所处时代与社会生活;在感情色彩上,则以调侃、嘲讽为主要基调。剥皮诗起于何时何人,无从查考。所见较早的几首剥皮诗,是讽喻那些偷情却又十分惧怕老婆的懦夫的。

唐代诗人李频的《渡汉江》云:

> 岭外音书绝,经冬复历春。
> 近乡情更怯,不敢问来人。

不知何人将此诗一剥,成了这样一首诗:

> 外遇姻缘绝,三冬复一春。
> 近床情更怯,不敢问夫人。

此诗把一个偷情汉对老婆的惧怕心理,描绘得淋漓尽致。

唐代诗人张祜的《何满子》云:

故国三千里,深宫二十年。
一声何满子,双泪落君前。

经人一剥,改为这样一首诗:

三百六十日,深居又满年。
一声狮子吼,含泪到床前。

好一个河东狮吼,确实令懦夫胆战心惊,只得到床前哭泣讨饶。

唐代诗人孟浩然的《春晓》云:

春眠不觉晓,处处闻啼鸟。
夜来风雨声,花落知多少。

有人将它改为:

阴阳不分晓,羡煞双栖鸟。
妻来呵骂声,泪落知多少。

讽喻时事世事,是剥皮诗的又一大特点。有人巧妙地借孟浩然的《春晓》,稍换几个字,嘲讽赌博:

> 春忙不觉晓,处处闻知了。
> 夜来麻将声,输赢知多少。

唐代诗人王昌龄的《芙蓉楼送辛渐》云:

> 寒雨连江夜入吴,平明送客楚山孤。
> 洛阳亲友如相问,一片冰心在玉壶。

北伐战争时,军阀吴佩孚眼看北伐军节节胜利,便乘火车逃往洛阳。行前,他表示今后不再过问军事、政治,将以饮酒赏花而终老。谢觉哉于是剥王昌龄这首诗,进行讽刺:

> 白日青天竟倒吴,炮声送客火车孤。
> 洛阳亲友如相问,一片雄心在酒壶。

南宋诗人杨万里的《小池》脍炙人口:

> 泉眼无声惜细流,树阴照水爱晴柔。
> 小荷才露尖尖角,早有蜻蜓立上头。

时下,不少所谓"名人"喜欢为人题诗,以获取"润笔费"。有人剥杨万里的《小池》讽刺之:

钱眼无声惜细流,名人照水献温柔。
小楼才露尖尖角,早有题诗在上头。

趣改《千家诗》

《千家诗》第一首曰:"云淡风轻近午天,傍花随柳过前川。时人不识余心乐,将谓偷闲学少年。"语言浅近,形象生动。民国初年,有位书生沦为乞丐,终日托钵讨饭,常常三餐不济,悲从中来,便改这首诗述自况:"乞食艰难三两天,饥肠辘辘过长川。富人不识余饥饿,将谓腰弯学老年。"无意幽默,却也让人含悲一笑,这是自嘲。

还有改这首诗来嘲笑不求上进的学生的:"春来不是读书天,夏日炎炎正好眠。秋怕蚊虫冬又冷,收拾书包好过年。"韶华易逝,青春难再,虚度光阴是令人十分可惜的。为此,好心人又特意把它改成一首劝学诗:"春夏秋冬四季天,发愤读书乐如仙。长江不见回头水,人老何曾再少年?"

这样一层层地改下去,越来越不脱"温柔敦厚"之旨,却越少打油意味了。打油味浓的,还得属《怕老婆》一诗:

> 雨打风吹近晓天，夫人罚跪在床前。
> 时人不识余心苦，将谓偷闲学拜年！

一首以渔夫、樵夫、农夫和读书人为题的代拟诗，正视社会生活，体恤各种人共有的艰辛：

> 临江垂钓愁雨天，负薪持斧过山川。
> 谁知粒粒皆辛苦，铁砚磨穿不计年。

随心所欲地改动前人的诗句，轻松自如地冷嘲热讽，固然是一大快事，但有时也会招来杀身之祸的。康熙皇帝南巡，江苏无锡有位书生叫杜诏，恭立在道旁献诗，引得康熙一时高兴，御赐书"云淡风轻近午天"这首诗。雍正三年（1725），抚远大将军年羹尧获罪，从家里抄出汪景祺著的《西征随笔》，内中就有一首拿康熙开玩笑的诙谐诗：

> 皇帝挥毫不值钱，献诗杜诏赐绫笺。
> 千家诗句从头写，云淡风轻近午天。

皇帝岂是书生们可以随便开心轻薄的？结果汪景祺被"立斩枭首"，妻儿也被流放黑龙江，罚做边卒的女奴。

抗日战争时期，重庆市流传过这样一首《官儿夜宴》诗：

云淡风轻不夜天,炮龙烹凤摆华筵。
时人不识官儿阔,将谓天天活神仙。

奇巧"回文诗"

所谓"回文诗",是指一首诗正读、倒读或反复回旋阅读,都可以成诗的一种诗体。据专家考证,回文诗的创始人是晋代的傅玄和温峤,但他们所作的回文诗都已失传。查阅历代古诗集,可以看到有不少文人墨客的回文诗。

宋代的苏东坡曾写过一首题为"题织锦图"的回文诗,诗曰:

春晚落花余碧草,夜凉低月半梧桐。
人随雁远边城暮,雨映疏帘绣阁空。

如果把这首诗倒过来读,则又是一首情意浓浓的七言绝句:

空阁绣帘疏映雨,暮城边远雁随人。

梧桐半月低凉夜，草碧余花落晚春。

宋代另一位诗人李禺也作过一首抒情回文诗。这首诗如果顺读，是一首夫忆妻的诗：

枯眼遥望山隔水，往来曾见几心知？
壶空怕酌一杯酒，笔下难成和韵诗。
途路阻人离别久，讯音无雁寄回迟。
孤灯夜守长寥寂，夫忆妻兮父忆儿。

这首诗如倒读，则可变成一首妻忆夫的诗：

儿忆父兮妻忆夫，寂寥长守夜灯孤。
迟回寄雁无音讯，久别离人阻路途。
诗韵和成难下笔，酒杯一酌怕空壶。
知心几见曾来往，水隔山望遥眼枯。

在这两首诗中，一方是"枯眼望"，一方是"望眼枯"，读来贴切感人。

明代诗人蒋一葵也曾写过一首题为"咏春"的回文诗，全诗只有"莺啼岸柳弄春晴晓月明"十个字。如果从前至后顺读之后再从后到前倒读，便可发现它是一首生动再现江南美丽春景的七言绝句：

莺啼岸柳弄春晴,柳弄春晴晓月明。
明月晓晴春弄柳,晴春弄柳岸啼莺。

读之可见诗人卓然的才华和巧妙的构思,言语中充满了节奏美和艺术美。

近代一位叫溥行的文人写过这样一首趣味无穷的回文诗《咏春》:"清波碧柳春归燕,细雨红窗映落花。"如果把它倒过来读,便会有面貌一新之感:"花落映窗红雨细,燕归春柳碧波清。"无论顺读倒读,平仄对仗均十分工整,从跃然纸上的浓浓诗情中,不难看出作者高深的艺术造诣。

另外一首只有"赏花归去马如飞,酒力微醒时已暮"十四个字的回文诗,如果分别从第一、第四、第八和第十一个字开始回旋而读,便可欣赏到一首出神入化的七言绝句《赏花》:

赏花归去马如飞,去马如飞酒力微。
酒力微醒时已暮,醒时已暮赏花归。

还有一种特殊的回文诗,它的有趣之处在于正读为诗,倒读却是词,且都符合格律。此类诗以《七律·春日晚眺》最为著名。其诗曰:

翩翩蝶舞柳飞花,碧水泉流鸣鼓蛙。

烟锁树林林宿鸟,雾笼村树树栖鸦。
船归渔唱渔舟荡,水绕山重山影斜。
天晚耀辉光灿灿,过云彩映飞流霞。

若是倒读,则可得一首《虞美人》:

霞流飞映彩云过,灿灿光辉耀。
晚天斜影山重山,绕水荡舟渔唱,渔归船。
鸦栖树树村笼雾,鸟宿林林树。
锁烟蛙鼓鸣流泉,水碧花飞柳舞,蝶翩翩。

相传清代北京有个誉满京城的饭庄叫"天然居"。一天,乾隆皇帝私访回京,到饭庄用餐。回宫后,乾隆闲坐无事,便用"天然居"几字作对,得上联:

客上天然居,居然天上客。

上联出来后,始终找不出理想的下联。于是,乾隆召集诸大学士,让他们对出下联。因为上联的后五个字是前五个字的逆读,而且词句通顺,意思完整。众人搜肠刮肚,也想不出一个恰当的下联。正当大家伤脑筋之际,大学士纪晓岚朗声道:

人过大佛寺，寺佛大过人。

乾隆闻之，龙颜大悦，众人莫不交口称绝，一时传为宫廷佳话。现在，这副回文诗联就挂在浙江省新昌县大佛寺内。

宋代刘敞写过一首《雨后》回文诗，也相当精妙：

绿水池光冷，青苔砌色寒。
竹深啼鸟乱，庭暗落花残。

此诗倒读为：

残花落暗庭，乱鸟啼深竹。
寒色砌苔青，冷光池水绿。

这首诗无论顺读或倒读，都是一幅潇潇秋雨之后的庭院图景。

更有意思的是，茶杯上常有四个字"清心明目"，随便从哪个字读起，皆可成句，如"明心清目"、"心明目清"、"明目清心"、"目清心明"，无论怎么读，意思皆不变。流传很广的五言回文"可以清心也"，也常见写在茶具上，同样可以随便从哪一字读起，字顺句通，如"以清心也可"、"清心也可以"、"心也可以清"、"也可以清心"。

还有七言的回文句"不可一日无此君",也常写在茶具上。这是一句别出心裁的回文佳句,与前面两句有异曲同工之妙:"可一日无此君不"、"一日无此君不可"、"日无此君不可一"、"无此君不可一日"、"此君不可一日无"、"君不可一日无此"。

北京前门"老舍茶馆"的两副对联,也是回文诗联。一副是:

前门大碗茶,茶碗大前门。

此联妙语偶成,令人叹服。

另一副回文诗联更绝:

满座老舍客,客舍老座满。

此联既点出了茶馆的特色,又巧妙揉进了人们对老舍的赞赏和热爱。

妙趣横生数字诗

数字在文章诗词中使用得当,不仅能使诗文生辉,而且还别有一番情趣。

宋代理学家邵康曾作五绝一首:

一去二三里,
烟村四五家。
亭台六七座,
八九十枝花。

诗人巧妙运用数字,描绘出旅途的风光,向人们展示了一幅朴素自然的乡村景物画。读来朗朗上口,其味无穷。

清代陈沅有一首七绝:

一帆一桨一渔舟,

一个渔翁一钓钩。
一俯一仰一场笑,
一江明月一江秋。

全诗以"一"为脉络,用得灵巧轻快,内含"独"、"一"、"满"、"全"等多种含义,写人状物绘声绘色,极富诗情画意。

有一则以数字应考的故事,有一书生进京应试,因路途遥远,行程艰难,误了考期。经再三恳求,方准补考。但主考官要他用"一"至"十"作诗一首,考生灵机一动,趁此机会用诗申明误期原因,以求谅解:

一叶孤舟,
坐了二三个骚客,
启用四桨五帆,
经过六滩七湾,
历尽八颠九簸,
可叹十分来迟。

考官读罢,心中称奇。又命书生用"十"至"一"再作一诗,书生挥笔写下:

十年寒窗,

进了八九家书院，
抛却七情六欲，
苦读五经四书，
考了三番两次，
今天一定要中。

主考官点头称妙。

相传司马相如赴京做官几年，思念卓文君，给她写了封信。文君拆开一看，信中只有："一二三四五六七八九十百千万"十二个数字。卓文君知道司马相如的思念之情，遂回信一封：

一别之后，二地相思，
只说三四月，谁知五六年，
七弦琴无心弹，八行书不可传，
九连环从中折断，十里长亭望眼欲穿。
百思想，千系念，
万般无奈把君怨。
万语千言说不完，
百无聊赖十倚栏，重九登高看孤雁，
八月中秋月圆人不圆。
七月半烧香秉烛问青天，
六月伏天摇扇我心寒。

五月石榴如火,
偏遇阵阵冷雨落花端。
四月枇杷未黄,
我欲对镜心意乱。
急匆匆,三月桃花随水转,
飘零零,二月风筝线儿断,
噫,郎啊郎,巴不得下一世你为女来我为男。

在这封信中,卓文君巧妙地运用数字,先从一说到万,再从万回说到一,九曲回肠,一咏三叹,催人泪下。

十二属相诗

想到十二属相——子鼠、丑牛、寅虎、卯兔、辰龙、巳蛇、午马、未羊、申猴、酉鸡、戌狗、亥猪,忆起一首十二属相诗。

十二属相诗乃明代诗人胡俨所作,诗巧妙地嵌入了十二个属相,读起来不仅通俗易懂,而且饶有兴味。

诗的前两句是:"鼷鼠饮河河不干,牛女长年难相见。"这两句嵌入了"鼠"和"牛"。诗的表面意思是说,像鼷鼠这样的小老鼠,哪能把河水喝干呢?天上的牛郎星和织女星,相距甚远,见一面是相当难的。而诗的内涵却寓意在"难"字上,劝人们做事要看条件,从实际情况出发,量力而行。

诗的三四句是:"赤手南山缚猛虎,月中取兔天漫漫。"诗的三四句,巧用典故。古代有个"诛南山之虎"的故事,说的是有个人赤手在南山打虎。这两句诗表面意思是说,空手捉虎需要勇气,而上月亮取那只捣药的玉兔,更要有顽强的毅力。这两句与前两句相辅相成，告诫人们做事固然要量力，但是还需要勇气和毅力。

五六句："骊龙有珠常不睡，画蛇添足适为累。"相传，骊龙是龙的一种，它下巴上有颗珠，怕别人取走，故而常常不敢睡觉。"画蛇添足"是个成语，比喻做多余的事，反而不恰当。这两句劝人做事不要被物所累。

七八句："老马何曾有角生，羝羊触藩徒忿嚖。"马生角是不会有的事，而公羊用头上的角去撞篱笆，角一定会卡到篱笆里去，也是白白愤怒。这两句是劝人们不要空自忧烦，自找苦吃。

九十句："莫笑楚人冠沐猴，祝鸡空自老林邱。""沐猴而冠"是个典故，出自《史记·项羽本纪》："人言楚人沐猴而冠耳，果然。"沐猴即猕猴，意为猴子戴帽子，装成人的样子。"祝鸡"，意为呼唤鸡。语出《艺文类聚·博物志》："祝鸡公养鸡法，今世人呼鸡云'祝祝'，起此也。"这两句的意思是说，不要笑话楚人沐猴而冠，也不要每天过着呼唤鸡那样过于清闲的生活。告诫人们，既要生活得自由自在，又要做切合实际的事情，要有所作为。

最后两句："舞阳屠狗沛中市，平津牧豕海东头。""舞阳"，指舞阳侯樊哙，樊哙跟随刘邦起义之前，在沛县宰卖过狗；而汉武帝的丞相平津侯公孙弘，曾在东海边放过猪。这两句告诫人们，人穷志不能短，普通人也能成大业。

北京竹枝词

20世纪30年代初,西藏班禅喇嘛从青海玉树到北平,一些要人发起"时轮金刚法会",在太和殿传法。法会举行时,组织者向各界名流募捐,吴佩孚、张宗昌、曹汝霖等均到会,并各捐200元。然而张宗昌于次日去山东,不久在济南车站被郑金声之侄郑继成所杀,显然未受佛之庇佑。时人作《竹枝词》讽之云:

> 茫茫苦海正无边,
> 愿证菩提隔世缘。
> 佛力未随王气歇,
> 万人空巷拜班禅。

"九一八"事变后,强邻侵境,国事日急,而京城一些士女依然纸醉金迷,忙着筹备在北海漪澜堂前举行新年化装溜冰大会。偏偏是年气候特异,一冬无雪,和暖如

春。等筹备事竣,湖水解冻矣,筹备者大为扫兴。有《竹枝词》记云:

> 寒暖不殊气候更,
> 去年无雪一冬晴。
> 银雪空作化装舞,
> 太液池波已解冰。

东北三省沦陷后,当局毫无收复抗御之策,而徒将故宫珍宝装成大箱,悄悄运往南京。有《竹枝词》讽之云:

> 山河不重连城璧,
> 退让堪为步步营。
> 御路森严同警跸,
> 飚车载宝夜无声。

袁良任北平市长时,市政当局于太庙开设商场,陈列百货,市民竞相购物。庙东侧古柏林中原有鹤,树上有鹤巢,因畏嘈杂而避去。有《竹枝词》感慨其事云:

> 登场百货各争标,
> 太庙翻成市井嚣。
> 野鹤不知人世改,

将雏相避远离巢。

日军侵占东北三省后,又在冀东成立伪政权,并直逼通州。此时北平已成边城,风声鹤唳,大有草木皆兵之势,而故宫太平花正于5月盛开。有《竹枝词》哀云:

风鹤频传刁斗鸣,
可怜上国作边城。
年年五月惊烽火,
不信名花号太平。

1945年抗战胜利以后,北京各界人士以为从此太平,孰料上下贪贿之风大起,金融崩溃,物价飞涨,国事益不堪言矣!而极乐寺海棠,春来依旧。有《竹枝词》叹云:

又见娇红濯锦尘,
海棠犹似去时春。
只今倾国倾城事,
不是名花与美人。

神仙院的藏头诗

北京延庆县有处龙庆峡,龙庆峡最高峰玉皇顶上有个神仙院,院门口有两首藏头诗,据说系当地一个叫白乐三的道人所题。

其一为:

　　天青山云接
　　泉茫茫总是
　　觅道人何处
　　舡来问渡头

第二为:

　　洞园桃得到时机
　　共却深便鼓钟心
　　神见明稀星闻使

仙斗下夜上不世
看牛高来天远一
象移吟李白诗间
棋少神仙来聚会

这两首诗嵌刻在神仙院大门两侧墙壁上，游人一般都要驻足猜度，最后大多是摇头而去。还是神仙院内执事人道出谜底。第一首原是七绝，第一个字先作两个字起读，再以第一个字整字收尾，这样读来就是："一大青山云接天，白水茫茫总是泉。不见道人何处觅，舟工来问渡头舡。"前两句描绘的是龙庆峡的自然风光，青山高耸，直入云霄，周围山涧，瀑布如练，山间清泉处处。后两句写事，道人也许前来觅道友一叙，但不得，就连舟子也无以询问。

第二首原是七律，比第一首难读多了，主要是难找其头。其读法是，以中心字"夜"为开始点，逆时针转，上句最后一个字的一半，为下句首字。如是读来全诗则为："夜来天上星稀明，月下高吟李白诗。寺远不闻钟鼓便，更深却见斗牛移。多少神仙来聚会，人间一世使心机。几时到得桃园洞？同共神仙看象棋。"诗难读，旨更远。全诗表现出道人苦苦修炼，难成正果的痛楚。"几时到得桃园洞？同共神仙看象棋。"正是道人内心的表白。在神仙院旁有处景观，曰"仙人下棋"。远远观去，山石似人，两人端坐,手指棋局栩栩如生,还有侍从立于侧。

神仙院只是一处普通的小庙。不过,这里佛、道、儒三教合一,大殿上释迦牟尼居中,其右为李耳,其左为孔子。殿中壁画也是三教内容都有。这种庙在中国比较普遍,老百姓很实际,多多信奉,东边不亮西边亮,"总会有神保佑的"。

佳联览胜
jialian lansheng

奇联与妙对

在我国众多的优秀联语中,有一些对联因构思巧妙、结构奇特、意境深远而备受人们喜爱。

早年,北京草厂胡同有一家馄饨铺,兼卖汤圆(元宵),铺内挂有这样一副对联:

> 宇内江山,如是包括;
> 人间骨肉,同此团圆。

上联点馄饨,下联切汤圆,点明小店经营特色,而"包括"、"团圆"语义双关,用词极妙。

前些年,北京有一家药店贴过这样一副对联:

> 神州到处有亲人,不论生地熟地;
> 春风来时尽着花,但闻藿香木香。

联中的"生地"、"熟地"、"藿香"、"木香"都是药材名，语义双关。全联风雅别致，诙谐有趣。

早年亦曾见过另一种诙谐联，也相当有趣，联曰：

> 二艇并行，橹速不如帆快；
> 八音齐奏，笛清难比箫和。

上联中的"橹速"与三国时孙权的谋臣鲁肃谐音，"帆快"与刘邦的大将樊哙谐音，此上联之意是文不如武。下联中的"笛清"与北宋名将狄青谐音，"箫和"又与汉初的名相萧何同音，言下之意是武不如文。据传，上联是一个武将写的，下联是一个文官对的，双方都不明说，但妙语双关，含蓄而诙谐，妙趣天成。

辛亥革命后，某地一剃头铺写有这样一副对联：

> 握一双拳，打尽天下英雄谁敢还手；
> 持三寸铁，削平大清世界无不低头。

北洋军阀统治时期，曹锟贿选总统，有人运用"嵌字法"写了这样一副对联：

> 民犹是也，国犹是也，何分南北；
> 总而言之，统而言之，不是东西。

此上联中将"民国"嵌入，下联中将"总统"嵌入，均在四个分句之首，组成四个文言句式，对仗工整，天然啮合。而全联又斥"总统""不是东西"，对当时徒有虚名的民国总统给予辛辣的嘲讽，实在令人叫绝。

1924年5月，孙中山筹办黄埔军校，前几期学员中涌现出了大批有名的军事人才。犹记当年黄埔军校的大门上有这样一副对联：

升官发财，请走别路；
贪生怕死，莫入此门。

有趣的巧对悬联

多少年来,形形色色的佳联妙对流传于世,"联坛"生辉。但是,也有一些佳句未能"成双配对";或者虽有下联,但下联并不尽如人意。

犹记有一副回文联的上联写道:

上海自来水来自海上。

此联相当精巧,征下联求偶,曾有以下数联应对,但都不太理想:

京北输油管油输北京。
黄山落叶松叶落山黄。
西湖绿柳堤柳绿湖西。
华南红花岗花红南华。

1983年,中央电视台春节晚会举办征春联活动,出的上联是:

碧野田间牛得草

此上联是一位作家、一位诗人、一位豫剧演员的名字。应征者如云,有一联对的是:

金山村里马识途

下联的前二人是著名演员,第三人是著名作家。对得基本得体。

偶对悬联有一定的难度,但只要以自然风物为载体,便能结缘配对。有这样一副上联:

日照日照县

上联的意思是:"太阳照着日照县",日照县是山东省的一个县名。有一人对出下联是:

月亮月亮湾

"月亮湾"也是个地名,第一个"亮"字,是"照亮"

的意思。

应对悬联常常有偶然的巧合。清光绪年间,江西南昌有一位知县,因支持教民反抗主教的斗争而被杀害,激起公愤。北京有个叫江亢虑的教师在江亭(陶山亭)为其举行追悼会,当时有一学生即出了个上联:

江氏江亭追悼江西江县令

此联一连用了四个"江"字,且字句简练,层次分明,与会者赞不绝口,但无一人能对出下联。随着时间的流逝,成为"悬联"。

百余年后,江苏泗洪县大楼乡的老教师许若峰在翻阅史料时得知,泗洪县朱湖乡臧桥村有一革命志士臧庚,1943年任县民政科长时,被敌人杀害于安徽省泗县的臧楼村。臧庚的长子臧庆栋每年清明节都要到臧楼缅怀父亲。许若峰老师灵机一动,便对出了下联:

臧子臧楼缅怀臧桥臧科长

此下联对仗工稳,含义深刻,堪称佳句妙对。

由于偶对实在不易,至今仍有许多上联无人对出下联。其中有这样一个上联:

鸟在笼中望孔明，想张飞，无奈关羽

此上联别出心裁，构思奇特，三国人物孔明、张飞、关羽尽嵌其中，且一语双关，人名改变了词性，下联至今无人对出。

趣说嵌兔联

长江沿岸,有一副流传很广的时令对联,联中有兔,很有情趣:

兔走鸟飞,地下相逢评月旦;
雁去燕来,途中偶遇说春秋。

兔因身体洁白,又传说月亮中有捣药的"兔儿爷",故成为月亮的代称。欧阳修的《蓦山溪》中说,日中有"三足鸟",又言"日乃鸟之精",故鸟成为日的代名词。于是古诗中便有"兔走鸟飞不相见,人事依稀速如电"语,感慨日月更替,时光飞逝。此联"兔走鸟飞",感叹时间流逝之快。雁和燕都是候鸟,一个冬来春去,一个春来冬去,途中相遇时,也彼此诉说时间过得太快。

山西省介休韩信祠有一副对联曰:

> 西望关中，百战十年空鸟兔；
> 北临绵上，千秋一例感龙蛇。

上联说，虽然韩信会用兵，但最后是可悲的下场；下联说，萧何虽然救了他，最后还是害了他，成也萧何，败也萧何。历史上这种事，恐怕千秋只有此一例。此联巧妙用典，对仗工整，怀古抒情，既赞美韩信的功业，又叹他的不幸。

明代神童戴大宾，五岁读书，出口成对，闻名乡里。邻村有位塾师想找个机会探探虚实。戴大宾六岁那年，塾师来家探访，遂以戴的座椅为题，出了上联"虎皮褥盖学士椅"。因这个椅子上铺着一张虎皮褥子，故上联如是云。戴大宾知道这是有意考他，便以自己写字用的兔毛毫笔为题，对出下联"兔毫笔写状元坊"。下联一对，塾师不胜惊讶，称他为奇才。

四川武胜县流传着这样一副对联：

> 水月观鱼跃兔走，
> 山海关虎啸龙吟。

武胜县龙女寺的河对面有一个"水月观"，常年游人如鲫。有一位文人，站在水月观细端详，见观下鱼儿嬉游，又见观后树林中野兔奔跑，遂写出上联"水月观鱼跃兔走"。第二年，这位文人又到了河北秦皇岛的山海关，看了山海关的景物灵感顿发，写出了下联"山海关虎啸龙吟"。

贵阳人周渔璜（1665～1714），清康熙年间赴京应试，取进士。一天，他到了江南的碧波洞，此地一书生给他出了个上联：

赤耳银牙玉白兔，望明月，卧青草池中。

这时，周渔璜见碧波洞口正有金龙昂首，铁爪黑须，周围祥云衬托，于是对出下联：

乌须铁爪紫金龙，驾祥云，出碧波洞口。

物对物，景对景，名词对名词，动词对动词，绝妙至极。

江南神童吴文也曾将"兔"字嵌入对联。一天，家里来了客人，看到蚕正在吐丝作茧，联想到自己身上的衣服，便出了个上联：

蚕作茧，茧抽丝，织就绫罗绸缎。

正在书房里的吴文听到上联，看看手中用兔毛做的毛笔和桌上的文章，马上应声对出下联：

兔生毛，毛做笔，写出锦绣文章。

当时吴文仅是七八岁的孩童，能出口对出此联，可见"神童"之号名不虚传。

有趣的嵌名联

嵌名联,是我国异彩纷呈的联苑里的一枝奇葩,深受人们的喜爱。众多的嵌人名联,或褒或贬,或扬或抑,幽默诙谐,奇巧别致。

明代才子李梦阳,在江西做提学副使时,发现有个读书人与他同名同姓,便给那人出了个上联:

蔺相如,司马相如,名相如,实不相如。

相如又作"相同"解。李梦阳的意思是,两个相如不相同,你怎敢与我同名同姓?那个读书人明白李梦阳的意思,遂对出下联:

魏无忌,长孙无忌,彼无忌,此亦无忌。

魏无忌是战国时魏国的信陵君,长孙无忌是唐太宗时期的大臣。读书人的意思是,他们都不忌讳,我们也无须忌讳了。下联弦外有音,对得相当绝妙。

近代政治家、思想家谭嗣同,字复生,"戊戌变法"失败后遇害。康有为写了一副挽联:

有为,不复生矣!
有为,安有为哉?

康有为把自己和死者的名字嵌入联内,形式较为奇特,抒发了悲愤和无奈的心情。

著名剧作家田汉先生四十岁诞辰时,郭沫若赠联祝贺:

具田家浑憨气概,
扬汉族刚毅精神。

这副对联巧妙地嵌入"田汉"二字,既写出他那农家出身憨厚朴实的性格,又高度赞扬他高尚的民族精神。

郭沫若曾赠著名画家李可染联:

可否古今尽人事,
染点翰墨侔天工。

这副嵌名联作于抗日战争时期,既赞扬李可染绘画的高超技巧,又含蓄地启发他扩大国画的题材。

著名武生泰斗盖叫天原名张英杰,河北省高阳县人,有"活武松"之誉。他的代表剧目是《三岔口》、《十字坡》等。早年,著名国画大师黄宾虹特赠一副对联给他,联曰:

英名盖世三岔口,
杰作惊天十字坡。

这副对联不仅对仗工整,艺术性很高,而且将他的原名"英杰"及两个代表剧目嵌入联中,十分精当。

著名作家老舍写的嵌名联,通俗凝练,脍炙人口。记得他曾赠著名作家巴金一联:

云水巴山雨,
文章金石声。

联中嵌入巴金的名字,并对他的著作给予极高评价。

医联杂谈

旧时有句老话:"一流举子二流医。"在当时人们眼中,医生之地位仅次于做官入仕。宋代的范仲淹云,"不为良相,便为良医",便是这个道理。过去的医家,一般皆通晓儒学。由儒入医,在宋代竟成风气,辛弃疾、陆游等皆通医,便是例证。历来写医生的诗词联语不少,掇拾一二与雅好者共赏之。

记得有一副赠牙医联,仅八个字:

没齿无怨,每饭不忘。

此联虽短,却将两个典故信手拈来,毫无掉书袋之感。上联出自《论语·宪问》"没齿无怨言"。"没齿",原为"没世"、"终身"之意,此借其字面意思喻祛除牙病。下联用杜甫之语:"忠君忧国,每饭不忘。"借以表示对牙医之感激,浑然天成,巧思极矣。

还有一副牙医联，与前者有异曲同工之妙：

易牙能知味，凿齿故多才。

仅十个字，既合典故，又切牙医身份，兼述本人感受，颇富情趣。表面看，"易牙"似指换牙，"凿齿"似指拔牙，实则典故暗含其中。易牙乃春秋时齐桓公宠幸之近臣，长于调味烹饪；凿齿为晋时名士，博识而擅文。以人名喻事物已见其巧，而换牙后之快意，对牙医高明医术之赞颂，亦俱含其中矣。琢语精妙，堪称上乘之作。

笔者藏有《对联集成》一卷，为光绪甲辰（1904）重刻本，烟台诚文信藏校，收各类对联甚详，其中"医卜"类收对联六副，兹录以飨同好：

采药云生岫，吉林飞紫燕，卖卜君平市；
烧丹月在庭，桔井起苍龙，谈玄扬子家。

春暖带云锄芍药，不必洛阳寻郃子；
秋高和露种芙蓉，何须西蜀问君平。

桔井泉香千文碧，虎守杏林春日暖；
杏林告发万枝红，龙蟠桔井水泉香。

青囊已得华公秘,
杏苑先开董子春。

身值千金取药何须问价,
心同一体活人岂必言功。

脉理精通药材一纸千金价,
经络纯熟神针三分万人生。

这些联语文采巧思,典饰回文,各有所胜,读者自可细细品玩。

青帘沽酒话联谜

旧时酒肆门前都挂有酒幌子,也称"酒旗"、"酒帘",酒肆门上一般还写有酒联。民间流传着许多酒联和有关酒旗的谜语。

记得有一首拟人化的民间谜语:

早晨出门夜晚归,飘飘摇摇随风飞。
我请人家喝个醉,无人请我喝一杯。

读了这则谜语,似在酒文化的圈子里闲逛了一圈,自然地想到谜底——酒幌子。飘飘扬扬是酒幌子的外观,请人喝酒,是幌子的内涵。"闪闪酒帘招醉客,深深绿树隐啼莺。"这迎风招展的酒幌子,分明是乡野村郭的一道迷人风景线。

旧时的酒幌子,常以青白布数幅做成帘状,大多是长方形,所以叫青帘。南宋词人辛弃疾有《鹧鸪天》词云:

山远近，路横斜，青旗沽酒有人家。

古代交通不便，信息不畅，虽酒香也不怕巷子深，所以有经营意识的酒家还是要借酒幌子来招徕顾客。从酒旗的大小、多少，顾客们可以知道酒店的规模与经营情况。一般说，凡挂较小的单酒旗，说明是经营单一品种酒，只供应一般酒菜的小店；凡挂酒旗越大、越多者，其经营档次越高，犹如今日酒店星级标志。

关于酒幌子的灯谜，古往今来流传着不少。"围墙半掩酒家旗"，猜一字，可谓上乘之作。这里采用了象形手法，"口"象形为围墙，"半掩"便把个"沽"字一半（古）给围成个"涸"字，其创作手法可谓新颖别致。古代酒幌子中间常写个斗大的"沽"字，这是以字代旗。

与酒幌子相映成趣的是酒联。酒联与酒幌子有异曲同工之妙，也是为了招徕顾客。顾客在雅兴高昂之时，品酒赏联，把盏玩味，自有一番乐趣。

茅台酒是中国家喻户晓的名酒，1915年在巴拿马万国博览会上被评为金质奖。当时主选人送了副对联赞道：

酒味冲天鸟闻成凤，
酒糟抛河鱼食化龙。

对联用夸张手法写茅台酒的珍奇，作者的想像力令人

赞叹。茅台酒载誉归来,又有人赠联:

> 风来隔壁三家醉,
> 雨过开瓶十里香。

好的酒联还可以救店。相传,某地有个酒店,因经营不善生意萧条,濒临倒闭。后请三位秀才写了副对联,贴在酒店门口:

> 东不管西不管,酒管;
> 乐也罢哀也罢,喝罢。

从此,这家酒店顾客盈门,一派兴隆景象。原来此联一语道破了当时民不聊生的境况,劝慰人们借酒浇愁。

广州潮州的韩江酒楼上有这么一副对联:

> 韩愈送穷,刘伶醉酒;
> 江淹作赋,王粲登楼。

此联套用曾贬为潮州刺史并写过《送穷文》的唐代文学家韩愈等四位名人的典故,上下联首冠"韩江"二字,尾嵌"酒楼"二字,匠心独具,十分贴切。

广州陶陶居酒家有一联:

陶潜善饮，易牙善烹，饮烹有度；
陶侃惜分，夏禹惜寸，分寸无遗。

联语中含有四个古人故事，告诫后人饮酒应有节制，光阴需要爱惜。

白话对联有雅趣

作对联是一门学问，白话对联能做出雅趣更难。

陈寅恪是一代史学大师，作对联时有佳作。陈寅恪所作对联，每于不经意时为之，信口吟出，即成佳对。1927年他任清华国学研究院导师，同在讲席者有王国维、梁启超。授课时，他即席吟一联："南海圣人再传弟子，大清皇帝同学少年。"梁启超为康有为高足，王国维曾任"南书房行走"，为溥仪之师，故陈寅恪有此即兴之作。

清华学校改为国立清华大学后，罗家伦出任校长，持其所编《科学与玄学》谒见陈寅恪，并求指正。是时丁文江、张君劢等正就科学和玄学问题进行论战。陈寅格对论战双方均不以为然，便送罗一对联：

不通家法科学玄学，
语无伦次中文西文。

并以"儒将风流"为横额。上下联中将"家伦"二字嵌入,妙手天成。罗家伦在北伐军中为少将,又娶了一位漂亮妻子,故云"儒将风流"。

1944年,陈寅恪在成都燕京大学任教时,曾集句为联:

> 今日不知明日事,
> 他生未卜此生休。

时陈寅恪病目,复忧世道人心,心情甚坏,乃有此作。

1931年11月19日,诗人徐志摩乘飞机在济南遇难,蔡元培写挽联云:

> 谈诗是诗,举动是诗,毕生行径都是诗,诗的意味渗透了,随遇自有乐土;
> 乘船可死,骑马可死,斗室坐卧也可死,死于飞机偶然者,不必视为畏途。

此联豁达自然,如谈玄理,颇有魏晋风度,乃为白话联中之上乘。

鲁迅小时在"三味书屋"读书时,老师寿镜如出了个上联"独角兽",有的学生对"八脚虫",有的学生对"九头鸟",鲁迅却对了"比目鱼",受到老师称道。因为"独"

不是数,却有"单"的意思;"比"也不是数,却有"双"的意思,对得极妙。

二字对联比较少见,也有一些名联。相传明成祖朱棣说《论语》中的"色难"很难对,大臣解缙说"容易",朱棣说既然容易,你对个下联如何?解缙说:"容易"二字便是下联。朱棣略加思索后拍案称奇。

传说乾隆皇帝一次出游时出了个上联"两碟豆",让纪晓岚对下联,纪晓岚脱口而出"一瓯油"。乾隆闻之,立即改上联为"两蝶斗",纪晓岚也随之改下联为"一鸥游"。乾隆马上又说:"我说的是林间两蝶斗。"纪晓岚立即又答道:"我对的是水中一鸥游。"

数字联撷趣

中国的绝对佳联,犹如一颗颗精巧奇异的明珠,散落在中国的文学宝库。在这星光璀璨的楹联星河中,嵌入数字的占有很大比重。细心人曾作过统计,数字联在全部楹联中占60%还多。这些数字联,或歌颂山河,或咏志抒怀,或抨击时弊,或刺贪讽腐,或友人唱和,或谈笑人生,读来都非常有趣。

相传,旧时两友同登临江楼赏月,面对星光闪烁、波光粼粼的美景,一人说出上联:

北斗七星,水底连天十四点。

另一人闻之,脱口对出下联:

南楼孤雁,月中带影一双飞。

上联巧妙用了"七"、"十"、"四"三个数字,而下联用"孤"(即一)、"一"、"双"(即二)三个数字。上下联用在水中的影子幻化成数字来对句,观察细腻,构思奇巧,意境优美,艺术效果非常强烈。

有一副数字联是反映地主与雇工天壤之别的生活景况的:

十根金龙柱,十颗小圆珠,十对宫灯十红十绿;
一只青花碗,一个大缺巴,一双筷子一白一乌。

上联一连用了五个"十"字,表现地主花天酒地的生活;下联连用了五个"一"字,表现雇工的穷困生活,二者形成鲜明的对照,读之有趣且含义深邃。

在数字联中,有的是明明白白嵌入数字,有的却比较含蓄隐晦。这种类型的数字联大多用来讽刺和揭露。袁世凯乃近代窃国大盗、复辟狂,有一副对联是为他画像的:

一二三四五六七,
孝悌忠信礼义廉。

横批是:

五世其昌。

上联省略了一个"八"字,寓意"忘"(王)八;下联隐去了一个"耻"字,寓意"无耻"。横批上的"昌",是"娼"字的谐音。由于数字运用得巧妙,对袁世凯痛骂之狠入木三分,读之令人解气。

有时,含蓄隐晦的数字联也用于歌颂。有一数字联是概括诸葛亮一生的:

收二川,排八阵,六出七擒,五丈原前点四十九盏明灯,一心只为酬三顾;

取西蜀,定南蛮,东和北拒,中军帐里摆金木土爻卦,水面偏能用火攻。

上联只用一至十这十个数字,就把诸葛亮一生的奇功伟绩勾勒出来了;下联用"五方"(东西南北中)和"五行"(金木水火土)来对上联的十个数字,同样表现了诸葛亮一生的功绩。

乾隆皇帝喜好文学,能吟诗作对,且有不少佳话逸事流传。在他七十寿辰时,曾自撰一联曰:

七旬天子古六帝,
五代孙曾余一人。

这副数字联用数字相当准确。历史上帝王年过七旬者仅六位,在这六人中,五代同堂者仅乾隆一人,故云"五代孙曾余一人"。

名胜叠字联拾趣

中国的对联是点缀门庭、园林,烘托节日喜庆气氛,表达情感和良好祝愿的艺术形式之一,深受人们的喜爱。名胜中的叠字联趣味无穷,为旖旎秀丽的自然景观增姿添色不少。

上海豫园的万花楼,游廊画亭,回环通幽,秀木异卉,鸟语嘤嘤,美不胜收。楼上有副叠字联:

莺莺燕燕,翠翠红红,处处融融洽洽;
风风雨雨,花花草草,年年暮暮朝朝。

游人观景赏联,赏心悦目,游兴倍增。

泉城济南的千佛山,相传是帝舜耕稼之处,峻峰叠翠,苍秀涵幽,古亭、石坊参差其间,神宫佛寺宏伟壮观。登山远眺,明湖似镜,黄河如带,泉城风貌尽收眼底。市区的泉涌,星罗棋布,其中趵突泉名列七十二泉之首。清刘鹗《老残游记》写道：

> 家家泉水，
> 户户垂杨。

千佛山趵突泉的叠字联是：

> 佛脚清泉，飘飘飘飘，飘下两条玉带；
> 源头活水，冒冒冒冒，冒出一串珍珠。

杭州西湖的孤山，位于里湖与外湖之间，风光绮丽，是西湖文物荟萃之地，古人有"人间蓬莱是孤山"之说。孤山有副叠字联：

> 水水山山，处处明明秀秀；
> 晴晴雨雨，时时好好奇奇。

对联展现了孤山山清水秀、晴好雨奇的美好景色，游人观景咏联，流连忘返。由孤山西行十余公里，龙井南面的九溪十八涧，是西湖西面山中最胜之处。这里有副叠字联：

> 重重叠叠山，曲曲环环路；
> 高高下下树，叮叮咚咚泉。

温州市依江临海,是观潮赏云的好地方。位于市北瓯江中的江心亭,又是朝夕观赏云涛海潮的最佳处。江心亭有副叠字联:

云朝朝朝朝朝朝朝散,
潮长长长长长长长消。

此联运用汉字一字多音多意的特点,巧妙地编成叠字联,把瓯江朝夕云聚云散、江水潮涨潮落的壮阔自然景观,生动形象地描绘出来,十分有趣。

苏州的网狮园,是旧时世家一组完整的住宅群,住宅与花园结合,山幽峰秀,小桥流水,花艳木秀,布局严谨。园中看松读画轩有副叠字联:

风风雨雨,暖暖寒寒,处处寻寻觅觅;
莺莺燕燕,花花叶叶,卿卿暮暮朝朝。

赏园景读佳联,使游人沉浸于一年四季冷暖交替变化和莺歌燕舞、枝繁叶茂、百花争艳的景色之中。

广告诗联

商业广告，源远流长。唐代诗人杜牧在诗中写道："千里莺啼绿映红，水村山郭酒旗风。"这里的"酒旗"，就是古代酒肆主人挂在户外用来招揽生意的广告。

李白一生品酒无数，饮过兰陵美酒之后，不由欣然命笔，写道：

兰陵美酒郁金香，玉碗盛来琥珀光。
但使主人能醉客，不知何处是他乡。

这首诗至今还常常出现在电视广播广告之中，引发人们怀古之幽思。诗因酒发，酒因诗名，这也算是名人效应吧！

据史书记载，一年除夕，明太祖朱元璋在南京微服出游，经过一户人家，发现门上没有春联。一问方知这家是劁猪的，还没请到代字的人，于是朱元璋亲自为这户人家写了一副春联：

> 双手劈开生死道，
> 一刀割下是非根。

后来，这家人知道对联是皇帝御书，便将对联高悬中堂，烧香参拜，称为岁初祥瑞。这副对联也很快流传开来，成为劁猪业中的一副广告联。

相传，朱元璋还为南京一家浴池写过另外一副广告联：

> 金鸡未唱汤先热，
> 旭日东升客满堂。

金田起义前，广西贵县客家人石达开派李文彩用理发店作掩护，暗地里结交各方豪杰志士。开业之初，李文彩请冯云山作联助兴，冯云山吟道：

> 磨砺以需，天下有头皆可剃；
> 及锋而试，世间妙手等闲看。

石达开闻之大笑，也乘兴吟出一联：

磨砺以需,问天下头颅几许?
及锋而试,看老夫手段如何。

这两副诗联以剃头手艺表达反清壮志,形象而贴切,但用来做理发店的广告招牌显得杀气腾腾,有令顾客望而却步之嫌。

清人董邦达为一家理发店题的诗联,读来非常亲切:

相逢尽是弹冠客,
此去应无搔首人。

"弹冠"借指"弹冠相庆","搔首"借指"搔首踟蹰"。诗联语义双关,且有吉祥、欢庆之气,堪称广告诗联之佳作。

还有一些古人流传下来的广告诗联,亦写得相当奇妙,如一药店门侧写道:

但愿世间人无病,
何愁架上药生尘。

一些绸缎店、棉花店门上写道:

人或冻寒非我愿,

世都温暖是予怀。

"王一品斋"是中国最早经营湖笔的老店。1961年10月26日,郭沫若为庆祝笔庄创建二百二十周年题诗一首,遂被用作广告。诗写道:

> 湖笔争传一品王,书来墨迹助堂堂。
> 蓼滩碧浪流新韵,空谷幽兰送远香。
> 垂统以还二百二,求精当作强中强。
> 宏文今日超秦汉,妙手千家写报章。

草木联话

古往今来,不少名人学士所作的关于草木的对联,脍炙人口,令人叫绝。

> 松下围棋,松子每随棋子落;
> 柳边垂钓,柳丝常伴钓丝悬。

此联来自一个有趣的传说:一次,苏东坡与黄庭坚在一棵大松树下下围棋。忽然一颗松子掉落在棋盘上,黄庭坚拾起松子,随即吟出上联,请苏东坡应对。苏东坡抬头一看,不远处小河边有一老人在柳阴下钓鱼,遂吟得下联。

苏东坡还同好友佛印和尚对过一佳联:

> 雪里白梅,雪映白梅梅映雪;
> 风中绿竹,风翻绿竹竹翻风。

对联活脱脱地描绘了自然之美。

蒲叶桃叶葡萄叶，草本木本；
梅花桂花玫瑰花，春香秋香。

这是明代解缙描绘树木花草的一副对联。上联蒲、桃与"葡萄"同音，蒲属草本，桃和葡萄属木本；下联梅、桂又恰好与"玫瑰"同音，梅冬末春初开花，桂和玫瑰夏秋季开花，真是对得工整贴切，妙趣横生。

种树如培佳子弟，
卜居恰对好湖山。

这是著名学者、教育家马君武晚年卜居衫湖期间，贴于门前的一副对联，意含"十年树木，百年树人"之艰辛。

自闭桃源称太古，
欲栽大木柱长天。

这是教育家杨昌济的抒怀联。他曾留学日本、英国，回国后拒绝当官，在湖南长沙第一师范学校任教，以实践其"欲栽大木柱长天"之志。

心有三爱：奇书、骏马、佳山水；
　　园栽四物：青松、翠柏、白梅兰。

　　这是方志敏烈士生前自拟并挂于卧室的一副对联，是他高雅志趣和高尚人格的写照。方志敏的儿女都以松、竹、梅、兰取名。

　　高岭苍茫低岭翠，
　　幼林明媚母林幽。

　　这是现代著名作家老舍在《内蒙风光》一文中描绘内蒙古风光的对联。

　　此外，当代还有不少无名氏也撰写了不少关于草木的佳联，随便拈出几句，以飨同好：

　　经霜古柏参天碧，
　　傲雪寒梅漫地香。

　　柳影映池鱼游树，
　　天光入水月穿云。

　　瑞雪染腊梅，白里透红一两点；
　　和风拂杨柳，动中有静四五枝。

妙联讽贪官

封建社会,"大官大贪,小官小贪,无官不贪",清朝后期贪污受贿现象更为严重。老百姓对这些贪官污吏恨之入骨,常以对联的形式揭露鞭挞他们的丑恶嘴脸。这些对联内涵深刻,妙趣横生。

曾任直隶总督的杨世骥,平时自命清高,喜欢附庸风雅,实则是一个贪得无厌的贪官。他死后被谥为"文敬"。有人据他一生的所作所为作了一副对联:

何谓文?曲文、戏文,声出若金石;
乌乎敬?冰敬、炭敬,用之如泥沙。

联中的"冰敬"、"炭敬"是指清代外地官员进京时,分别在夏季和冬季贿赂京城官吏的银两。联中三次出现文、敬二字,其意趣可谓妙不可言。

值得一提的是,一些贪官污吏明明是贪得无厌的硕鼠，表面上却以正人君子自居。清末有一知县，上任伊始即在县衙门口贴出一副对联：

一不要钱，二不要命；
三不要官，四不要名。

可是，他上任没几天便贪赃枉法、草菅人命。于是，有人在他的对联每句话后添了两个字，使原对联的意思大变：

一不要钱，嫌少，二不要命，嫌老；
三不要官，嫌小，四不要名，嫌臭。

清末时，有个叫多琪的人曾在湖北浠水县任县令长达八年之久。多琪在任期间，苛捐杂税多如牛毛，老百姓苦不堪言。有一年除夕，多琪竟恬不知耻地在大门口写了一副对联：

奉君命来守是邦，两度蝶飞，只求对头上青天，眼前赤子；
与其民共安此土，八年鸿爪，最难忘山间白石，寺里清泉。

当晚有人将这副对联改为:

奉君命来虐是邦,两度蝗飞,哪管你头上青天,眼前赤子;
与胥吏共刮此土,八年狼藉,只剩下山间白石,寺里清泉。

清末一县令在县衙门口正厅悬一副对联:

得一文,天诛地灭;
听一情,男盗女娼。

事实上,凡有送礼他照收不误,凡有权势之人向他求情,他都徇私舞弊。有人不解,问县令道:"老爷这样做,岂不违背了自己的誓言?"县令无耻地说:"我一点也没有违背自己的誓言,我收的贿赂并非一文钱,我徇的私情也不是一件啊!"于是,有人背地里把这副对联改为:

只得一文,天诛地灭;
仅听一情,男盗女娼。

清末还有两个贪官,一个姓熊,一个姓卞,有人戏作一副对联相赠:

能者多劳，恐断四条腿骨；

下流无耻，难保一个头脑。

这是一副拆字联，上联合成一个"熊"字，斥骂熊姓贪官是衣冠禽兽。下联合成一个"卞"字，咒骂卞姓贪官不得好死。

弥勒佛前趣联多

佛寺中常见一尊笑容可掬的胖大和尚塑像——席地而坐，手托瓦钵，袒胸露肚，笑口常开，慈祥有趣——这就是深受善男信女顶礼膜拜的弥勒佛。

关于弥勒佛的传说在民间广为流传，既令人捧腹又叫人深思，历代文人雅士在他面前留下了许多妙联佳对，有愤世嫉俗的俏皮话，也有借物抒怀的牢骚语，读后妙趣横生，耐人寻味。

北京谭柘寺和扬州平山堂的弥勒佛龛两旁的对联均为：

　　大肚能容，容天下难容之事；
　　开口便笑，笑世间可笑之人。

这副对联，发人警醒，启人深思。山东济南千佛寺弥勒佛像两侧的对联是：

笑到几时方合口；
坐来无日不开怀。

四川峨眉山的灵岩寺里弥勒佛像两侧对联是：

开口便笑，笑古笑今，凡事付之一笑；
大肚能容，容天容地，于人何所不容。

四川乐山凌云山弥勒佛像前有一副令人发笑的对联：

笑古笑今，笑东笑西，笑南笑北，笑来笑去，笑自己原来无知无识；
观世观物，观天观地，观日观月，观上观下，观他人总是有高有低。

凌云山弥勒佛像前，还有这样一副对联：

大肚能容，了却人间多少事；
满腔欢喜，笑开天下古今愁。

湖南武冈山胜力寺的弥勒佛前对联是：

肚肠宽肥容世界，大大大！

心肺冷静笑人生,哈哈哈!

云南丽江喜祗园寺内弥勒佛对联,更有趣:

大肚皮千人共见,何所有,何所不有;
开口笑几时休息,无一言,无一可言。

湖南衡阳罗汉寺里的弥勒像对联是:

大肚能容,问人间恩怨亲仇,个中藏有几许;
开口便笑,想世上悲欢离合,此处已无些须。

湖北当阳玉泉寺笑佛前对联,妙趣横生:

大肚能容,包含色相;
慈颜常开,指示迷途。

福州市鼓山涌泉寺内的对联更幽默诙谐:

日日携空布袋,少米无钱,却剩得大肚空肠,不知众檀越,信心时将何物供养;
年年坐冷山门,迎张接李,总见他欢天喜地,试问这头陀,得意时有什么来由?

这是位无神论者写的，揭示了泥塑木雕自身难保的本质。

科举制度趣联

中国古代的科举制度是封建王朝招揽人才的手段。读书人十年寒窗，一旦金榜题名，便会苦尽甘来，人生改观。可是，科举中的高中者，却是凤毛麟角。相当一部分读书人钻在四书五经堆里，到头来是一文不名，成了手无缚鸡之力的废物，生活无着时常常受到家人的抱怨："读书高，读书高，米也没得吃，柴也没得烧。"

有个老学究一生科举不第，晚年贫病交困，在临终前作了一副自挽联。联曰：

想吾生竭力经营，无非是之乎者也；
问此去何等快乐，不管它柴米油盐。

联语故做旷达之状，实则沉痛辛酸。

又有一老儒一生苦读，年年落第，悲愤之余，常作自嘲联聊以自慰。联云：

这回吃亏受苦，都因入孔氏圈中，坐冷板凳，做老猢狲，只说限期已满，到头来发白齿豁，两袖俱空，书呆子真可怜矣！
　　此去喜地欢天，必须到孟婆庄外，赏剑树花，观刀山瀑，可称眼界别开，再和些酒鬼诗魔，一堂常聚，南面王无以易之。

此联自我嘲谑，可见作者才气横溢，读之令人忍俊不禁。

前清时，有一老童生，虽年已花甲，仍赴京参加考试。学使见他年迈，想借此机会成全他，遂当堂命题，令其默经。谁知老童生因年高健忘，竟不能背诵一字。学使见状，哭笑不得，随即赠其一联：

　　行年八十尚称童，可云寿考；
　　到老五经犹未熟，不愧书生。

此联不愧是妙语双关之佳作。

曾闻安徽无为州有一考生，因年老被钦赐为举人，戏作堂联曰：

　　并未出房，全凭得白头发秀士；
　　何尝中式，倒做了黑耳朵举人。

旧时衙门中未上名的帮差，俗称"黑耳朵"。联中的"中式"，即指科举制度中乡试或会试合格者称为"中式举人"或进士。是联据事直书，妙趣横生。

还有一廪生得了钦赐副榜，自书一堂联云：

说甚功名，只免得三年一考；
有何体面，倒少了四两八钱。

明代府、州、县学生员最初都给廪膳，补助生活。"四两八钱"即廪禄也。

旧时，士子赴京赶考，不仅花费颇多，而且路途迢迢，跋涉艰苦。边省某君莅场后，作联自嘲云：

四千里盘费花尽，故里喜遄归，亏我此番熬过去；
十三篇文章草率，今朝休盼望，请君下次早些来。

又有某童生赴郡应试，偶然想起家中新婚之妻，于是戏书一联，表达对妻子的思念：

充无罪之军三百里，
守有夫之寡二十天。

戏台趣联

戏剧源于秦汉乐舞、俳优和百戏,由来久矣。而戏剧对联肇自何时,无从考证。俚语云"戏字半边虚",又云"假戏真做",这当中颇富情趣哲理,值得研究玩味。

顷刻间千秋事业,方寸地万里江山。

这副对联,妙在精辟地概括了戏曲艺术的特点:集中性和假定性。幕起幕落、幕开幕合间,倏忽几十载;小小戏台,时而南国,时而北疆,展现无垠天地。

愿听者听,愿看者看,听看自取两便;
说好就好,说歹就歹,好歹只演三天。

这种戏联大众化,通俗易懂,就是识字不多的农民亦能自明其意,且易记诵。

曲是曲也，曲尽人情，愈曲愈妙；
戏其戏乎，戏推物理，越戏越真。

此联不仅揭示了戏曲的社会功能，同时又将生活哲理巧妙地寓含其中，给人以启迪。

莫笑我们涂面挂须，煞费了多少心机，才博得人人叫好；
请看此辈装模作样，也算有几分气概，须知道件件非真。

这副楹联通过演员的亲身体会，阐述了戏曲、生活、演员三者的关系。戏曲艺术源于生活而高于生活，戏曲人物形象是靠演员辛勤创作出来的。

黄天荡，黑风帕，青山英烈；
红梅阁，白蛇传，兰英思夫。

这副楹联嵌入了六个剧目，六种颜色，搭配巧妙得当，可谓匠心独具。

下面一联从不同的脸谱和装扮，道出了角色的特点：

黑脸忠，红脸义，白脸奸悍；

老旦庄，正旦重，彩旦风流。

有些戏联，风趣地揭示了戏曲艺术的表演性和娱乐性。先看写戏曲表演的：

　　你一枪，我一刀，不伤不死；
　　骑骏马，坐八抬，不走不行。

再看表现戏曲娱乐性的：

　　君不君，臣不臣，父不父，子不子，君臣父子均是梨园弟子；
　　哭装哭，笑装笑，打装打，闹装闹，哭笑打闹上下一片热闹。

还有寓意更深刻的，告诫世人做人要深思远虑，切莫一意孤行。如：

　　凡事莫逞强，作戏不如观戏好；
　　为人须远虑，上台终有下台时。

看戏乃寓教于乐。戏文的内容虽多属虚构，但来自生活，有一定的针对性和教育作用。有一副戏联这样写道：

演离合悲欢,当代岂无前代事;
观抑扬褒贬,座中常有戏中人。

再如:

舞台方寸悬明镜,
优孟衣冠启后人。

有些剧团为了招徕观众,常写出一些吸引观众的戏联,就像如今的广告。如:

要看早些来,大文章全凭起首;
须观完再去,好结果总在后头。

有些戏联提醒观众看戏的方法,可谓循循善诱。如:

虚迹谈实事,莫闲看镜花水月;
假象传真情,须认就暮鼓晨钟。

还有一些更有趣的戏联,多用叠字,读起来令人回味。如:

传传传,传古传,传传传古;

调调调,调腔调,调调调腔。

乐乐乐,乐音乐,乐乐乐音;
兴兴兴,兴高兴,兴兴兴高。

早年在乡间或城镇的戏园子看戏,犹记舞台两侧常挂有对联。台上生、旦、净、丑演古说今,戏联评说世事,可谓相得益彰,想来非常有趣。如:

借虚事指点实事,
托古人提醒今人。

想当年,那段情由,未必如此;
看今日,这般光景,疑惑有之。

戏本非真,何必真人作假戏;
人多从假,且将假处劝真人。

故宫畅音阁大戏楼,是皇家观戏的地方,左右台柱上有乾隆皇帝写的一副戏联,联曰:

琅璈逸韵应嵩乎,久矣八方从律;
阊阖晴光凝嶰吹,康哉九叙惟歌。

联中的"嶰",指嶰竹。相传黄帝命伶伦取嶰谷(昆仑山北谷名)的竹子做乐器,后泛指箫笛等乐器。"康哉"典出舜时皋陶歌曰"庶事康哉"。"九叙"代指百官。这副戏联出自乾隆皇帝之手,无非是要通过演戏,反映歌舞升平的太平盛世。

故宫内的"阅是楼",也是一座戏楼,楼上也有乾隆写的一副戏联:

樽饮康衢,风雨和甘均六幕;
弦调宝琴,星云景庆亘三阶。

联中的"康衢",指康衢歌谣。相传尧时天下太平,尧微服私访出游于康衢,听到儿童唱歌,遂钦定为"康衢谣"。"六幕",指天、地、四方。这副戏联同畅音阁戏联一样,粉饰太平,用语多用典。

贵州盘山"江山一览阁"有几副戏台楹联,不仅编撰巧妙,而且还有一段饶有风趣的故事。相传,乾隆皇帝"御驾盘山",发现戏台上无楹联,便对随从的大臣说:"众爱卿谁可献上一联,将戏台装点一番?"话音刚落,便有一大臣写下一副:

听律吕,点破世态炎凉;
见衣冠,描尽人间冷暖。

此联不仅工整严谨,而且将戏曲的艺术规律巧妙地寓含其中,相当绝妙。

江苏扬州市的赵园有一副楹联曰:

坐客为谁?听二分明月箫声,依稀杜牧;
主人休问,有一管春风词笔,点缀扬州。

此联一问一答,对仗工整,台上台下情景交融,不失为令人叫绝的佳联。

浙江绍兴地区的枫桥镇和平街上,有一座杨老相公庙,庙中有一个古戏台,戏台的前台柱上镌有一副楹联:

数尺地五湖四海;
几更时三朝六代。

它简洁形象地道出了戏剧浓缩历史、反映生活的特点,典雅工整,脍炙人口。

绍兴斗门老闸上建有张神殿及戏台,戏台上有副楹联:

天地是个大舞台;
舞台是个小天地。

在流行的戏剧谚语"天地大舞台,舞台小天地"中,添加了"是个"两字，成了可以顺读、倒读的妙趣横生的回文联。

旧时杭州曾有过一副戏台对联：

> 你也挤，我也挤，此地几无立脚地；
> 好且看，歹且看，大家都有下场时。

当年温州乐清雁荡山区的药王庙和关帝庙，有过两副颇具特色的戏台对联。药王庙的戏联是：

> 名场利场，无非戏场，做得出泼天富贵；
> 冷药热药，总是妙药，医不尽遍地炎凉。

此联妙在将戏与药合在一起，表面似不相涉，实有内在联系，用以感慨世态的炎凉。

关帝庙的戏联是：

> 顾曲小聪明，当日可怜公瑾；
> 挝鼓大豪杰，至今犹骂曹瞒。

周瑜精通音乐，当时有"曲有误，周郎顾"之语，然其智不敌孔明，所以只算小聪明。祢衡少有辩才，长于笔札，性刚傲物。他虽然只活了二十五岁，但敢于在曹操大宴宾客之际,当众击鼓骂曹,这才算是大英雄。此联虽未正面写关羽,而三国之环境气氛却洋溢于关帝庙内。

旧有"吴中第一名园"之誉的苏州留园,园内有一座色彩艳丽的戏台。台前柱子上的一副对联是数字联,为清代著名学者俞樾所撰。此联亦庄亦谐,很有欣赏价值。联云:

> 一部廿四史,演成古今传奇,英雄事业,儿女情怀,都付与红牙檀板;
> 百年三万场,乐此春秋佳日,酒座簪缨,歌筵丝竹,问何如绿野平原。

曾国藩督两江时,阅兵扬州。扬州会馆为他作专场演出,进士何栻谄媚曾国藩,写了一副文采颇佳,但格调不高的戏联:

> 后舞前歌,此邦三至;
> 出将入相,当代一人。

此联极尽溜须拍马之能事,把曾国藩比作周武王。但这也成了后世讥谈笑语的话柄。

清乾隆进士、《四库全书》总纂官纪晓岚曾为某戏台撰写过一副对联:

尧舜生，汤武净，五霸七雄丑角耳，汉祖唐宗也算一时名角，其余拜将封侯，不过肩旗打伞跑龙套；

四书白，五经引，诸子百家杂曲也，杜甫李白能唱几句乱弹，此外咬文嚼字，都是求钱乞食耍猴儿。

这副对联很有气势，上自尧舜汤武、诸子百家，下至帝王将相、文人学士，包罗尽致。生、净、丑，角、白、引、曲、弹，跑龙套、耍猴儿，处处点题，对偶工整，又极尽嬉笑怒骂之能事，堪称一绝。

当时还有一处戏台的对联是用戏名组成的，看后也颇有趣味：

一捧雪，二度梅，三堂会审，四进士，五台山前搬和尚；

六月雪，七星庙，八件棉衣，九莲灯，十王寺里换人头。

旧时更多的戏台对联是描绘舞台上的情景的。比如：

或为君子小人，或为才子佳人，登场便见；
有时欢天喜地，有时惊天动地，转眼皆空。

神是人,鬼是人,人也是人,一二人,千变万化;

车行步,马行步,步行也步,三五步,四海五洲。

联语把戏剧特点描绘得淋漓尽致,妙哉!

辛亥革命后,戏剧界中以演文明戏(即早期话剧)著称的夏月珊、夏月润兄弟,不仅在戏剧表演上很有才华,而且颇有文学修养。一天,他俩闲来无事,便坐在一起作对联。夏月珊写出上联:"看我非我,我看我我亦非我。"夏月润对下联:"装谁像谁,谁装谁谁就像谁。"

这副对联,讲的是戏剧表演中的真实性和假定性的艺术创作规律。上联是说演员进入角色,从事创作,由"自我之境"达到"非我之境",使观众只知台上人为剧中人,不知其为演员;下联是说演员塑造的艺术形象,贵在个性鲜明,互不雷同。真可谓"三句话不离本行"也。

民国时四大名旦之一的程砚秋,成名较早。他二十岁那年(1924)由北京去上海丹桂舞台演出时,袁伯夔特意为他写了一副对联:

艳阳天下重,
秋声海上来。

程砚秋艺名艳秋。当年此对联悬挂于丹桂舞台两侧，观众见了无不喝彩称绝。

无独有偶，1935年，周信芳由北京载誉返回上海演出时，吴湖帆为他书写了一副对联：

> 百口齐唱萧相国，
> 万人争看薛将军。

上联中以萧相国指《萧何月下追韩信》，下联中的薛将军指《薛仁贵投军别窑》。这两出都是周信芳的拿手戏。对联生动地展现了当年周信芳演出的盛况。

解放前，曾有人以当时的几位著名艺人之名，组成对联两副：

> 谭鑫培、谭小培、谭富英，祖孙三代，三代三生，衣钵真传，箕裘永绍；
> 言菊朋、言少朋、言慧珠，艺成一家，一家一业，声名远播，技术高超。

> 小翠花、小翠喜，一文一武，一京一汉；
> 马连良、马连昆，同乡同姓，同教同科。

以上两联，堪称构思精巧，别出心裁。

会馆戏台多佳联

明清时,南北各省官僚士绅纷纷在京城设立会馆,以便为进京赶考或经商的同乡谋取公益。大凡会馆,皆有戏台,台之左右,皆有抱柱对联,其文辞皆关乎戏曲,乃中国楹联文化宝库中的一朵奇葩。

位于北京西珠市口大街的浙绍会馆戏台联为:

地当韦杜城南,鼓吹休明,共效讴歌来日下;
人在枌榆社里,风流裙屐,恍携丝竹到山阴。

"韦杜"者,乃唐代的韦氏和杜氏,世为望族。韦氏所居名"韦曲",杜氏所居名"杜曲",皆在长安城南,时称"韦杜"。浙绍会馆位于京城南侧,故用此典。"日下"指京郊。封建社会以帝王比日,皇帝所在之地为日下。"枌榆",据《史记·封禅书》记载,汉高祖系江苏省沛郡丰邑枌榆村人,初起兵时祷于枌榆社。后以枌榆为故乡的代称。"山阴"者,即今浙江绍兴市。

位于和平门外虎坊桥的湖广会馆,其戏台联为:

魏阙共朝宗,气象万千,宛在洞庭云梦;
康衢偕舞蹈,宫商一片,依然白雪阳春。

联中之"魏阙"者,即古代宫门的阙门,为古代张贴法令的地方,后来也作为朝廷的代称。下联中之"康衢"者,即四通八达的大路。《尔雅·释宫》云:"四达谓之衢,五达谓之康。"湖广会馆地处京城交通四通八达之地,乃京城所有会馆之最,故用"康衢"一词。

宣武门外后孙公园的安徽会馆,其戏台联为:

安庐凤颍徽宁池太,滁和广六泗,八府五州,良士亍亍来日下;
金石丝竹匏土革木,宫商角徵羽,五音六律,新声袅袅入云中。

其上联前八个字,即安庆、庐州、凤阳、颍州、徽州、宁国、池州、太平八个府,中间五字即滁州、和州、广德、六安、泗水五个州。而"亍亍"者,悠然自得之貌。下联中的前八个字,即金音、石音、丝音、竹音、匏音、土音、革音、木音,中间五字即宫、商、角、徵、羽五声。"裊裊"者,音乐悠扬之情形也。

安徽会馆戏台的又一联是:

冠盖萃江淮,尽东南宾主之欢,梦社筵开,古谊犹存乡饮酒;
楼台演歌舞,极丝竹管弦之盛,梨园美具,世情且看戏登场。

崇文门外福建会馆的戏台联是:

疏缓节兮安歌,水肥帆饱恩波远;
陈瑟竽以浩倡,楚尾吴头利泽长。

联中之"楚尾吴头"者,指其省地处古代吴楚二国之间。

宣武门外菜市口湖南会馆戏台联为:

二分明月正当头,幸寰宇澄清,好将金管玉箫吹西江月;
千里暮云同想像,对楼台歌舞,恍见珠帘画栋飞南浦云。

上联中的"二分明月",语出《全唐诗》徐凝《忆扬州》诗:"天下三分明月夜,二分无赖是扬州。"言天下明月三分,扬州占了二分,形容当年扬州的繁华。而下联中之"南浦云"者,系引用唐王勃《滕王阁》诗:"画栋朝飞南浦云,珠帘暮卷西山雨。"

对联入戏文

1936年,著名京剧须生马连良在北京西长安街盖起了"新新戏院",从此,马连良有了自己固定的演出场所。马派新剧如雨后春笋,接连推出,《胭脂宝褶》即是其中之一。

《胭脂宝褶》讲述明永乐帝上元夜微服观灯,在酒馆遇书生白简,永乐帝出联,白简应对,得以封官的故事。剧中,马连良扮的永乐皇帝,儒雅风流,气宇不凡;著名小生叶盛兰扮的少年书生白简,少年老成,机敏过人。永乐帝与白简相逢在遇龙酒馆的一段戏,二人配合默契,演得妙趣横生。

先是永乐帝得知白简是重庆人时,即兴将"重"字拆为"千里",出上联为"千里为重,重山重水重庆府";白简亦将"大"字拆为"一人",对曰"一人是大,大国大邦大明君"。永乐帝听了十分欢喜,又据元宵放灯、天子与民同乐的情景出了上联,曰"灯明月明,大明江山一统";白简即答"君乐臣乐,永乐天子万年"。这自然更使永乐天子乐不可支,于是白简封官。

《胭脂宝褶》中的这两副对联连同天子微服出访、观灯的情节并非凭空杜撰。在清梁章钜编辑的《巧对录》中有两则记载:一是明太祖朱元璋微服行至一酒肆,和一监生对座。席间,朱元璋得知监生籍贯重庆,遂以"千里为重,重山重水重庆府"为上联邀对,监生便用"一人为大,大国大邦大明君"为答。另一条记载则是永乐帝在京师奉天门观灯,与有"江苏神童"之称的彭印山应对。永乐帝出上联"灯明月明,大明一统";彭印山对曰"君乐臣乐,永乐万年"。《胭脂宝褶》剧中,把永乐与彭印山对联各加二字,扩充为"大明江山一统,永乐天子万年";又巧妙地把朱元璋与监生酒馆对联事一并加在永乐天子身上,使演出风趣感人。

剧中还有一笔,即在永乐帝与白简对对之前,白简已应永乐帝之命,先有文章呈上。永乐帝看后,有"篇篇锦绣,字字珠玑,好文才也"的评语。"文才"有了,"不知他的口才如何",于是出对"口试于他"。可见白简当官经过了"笔试"、"口试"的几道关口,也不是仅靠拍马屁跻身宦海的。

《胭脂宝褶》这出戏现在不常演,只有北京的马长礼等马门弟子偶尔演其中的片断,因此这些妙联也就很少在舞台上听到了。

趣谈婚帖对联

太平天国起义策源地广西桂平市,历史悠久,文化源远流长,民间流传的婚帖对联比比皆是,且妙联佳对颇多。

明朝万历年间,桂平武靖州(今南木镇)水冲村一后生与鹰爪村的一姑娘举行婚礼。水冲村一文人出一上联送给对方,联曰"鹰爪铜鼓响",意欲难倒对方。鹰爪村一文人知上联语义双关,苦思半天后便以"水冲龙窟深"来应对。

众人听了,赞叹不已。原来,上联的"鹰爪"与"铜鼓"和下联的"水冲"与"龙窟"都是各自相邻的村名;而且上联的"鹰爪"的"爪"字和下联"水冲"的"冲"字既作名词又作动词,生动、贴切、风趣,且耐人寻味。

明朝末年,桂平中秀里(今麻垌镇)容村一小伙子与东岸村一姑娘举行婚礼。容村一文人也给东岸村姑娘家送去了一联帖"一条玉笋透东岸"。东岸村的礼房先生足足半日想不出下联，无法回帖。一位担水嫂娘担满几缸水后不见打发礼，便心急地问道："喂！时间不早了，你们还未打发礼？从东岸村到容村有十里路，怕大夜了路难行！"这时，有人说："因为先生不能回帖，所以推迟了打发礼。"那担水嫂娘问："他们出什么上联？"先生回答："一条玉笋透东岸"。

那担水嫂娘素来口齿伶俐，颇有奇才，便笑着说："那容易呗！用'大朵梅花盖容村'来对可否？"众人听后，个个竖起大拇指，称真是一副妙对！

桂平紫荆山的盘瑶人有男嫁女"上门入赘"的风俗习惯。生儿育女还有奇数随母姓，偶数随父姓的规定。清乾隆年间，紫荆瑶王府有一姓潘的格格，年方二八，貌美如花，能诗会画，意欲征联招亲。瑶王通情达理，十分赞同。这年中秋佳节，瑶王府门前高搭彩棚，高挂格格出的上联："有水有田方有米"。

观者踊跃，对者寥寥。眼看限期快到了，还没有人对出下联。这时，小江村一名姓何的年轻秀才访友路过瑶王府，看到村口张贴的上联以"水、田、米"合成一个"潘"字，一想，自己姓何，岂不是"人、口、丁"合成，即以"添人添口便添丁"对出下联。众人拍手叫好："真是好对！郎才女貌，天生一对。"瑶王和格格喜得眉开眼笑，命家丁立即燃放鞭炮，亲迎何秀才进府，沐浴更衣，趁当晚花好月圆之夜拜堂成亲。

据说,桂平城有个黄员外娶亲,一来吝啬舍不得出钱请笛手,二来吉日多嫁娶,找遍方圆二十里之地请不到笛手。黄员外爱面子,便请一文人写了一副上联给女方家,联曰:"天下无笛(敌)手"。

结果难住了女方的家人,迟迟不能回帖。女方的亲友议论纷纷,有的说:"堂堂一个员外,都不能请一堂笛来庆贺,真是太吝啬了。"有的说:"员外没有一堂笛来迎亲,太失礼了,世上无人同啊!"这时写帖先生灵感突至,遂以"世上有同(童)人"回了帖。

旧式婚礼作喜联

具有五千年文明史的中国，事事处处无不蕴涵着文化气息，就连旧式婚礼，也处处体现着民族文化特色。

旧时北京办喜事讲究送绸缎或丝葛质的红色幛子，那幛光（即四个红纸金纹的斗方）上所书的贺词，婚娶与嫁女迥然不同，且千变万化。

婚娶贺词所书多为"天作之合"、"天成佳偶"、"龙凤呈祥"、"福禄鸳鸯"、"和乐且耽"、"鸾凤和鸣"、"钟鼓乐之"、"凤凰于飞"、"花好月圆"、"如鼓琴瑟"，等等。嫁女贺词则书"乘龙快婿"、"跨凤乘龙"、"之于于归"、"于归叶吉"、"凤卜归昌"、"妙造东床"、"百辆御之"、"祥徵凤律"，等等。其词或出自《诗经》，或出自《文选》，皆词雅而意美，且颇吉祥。

对仗工整的婚娶联与嫁女联，除了"燕好千秋，鸿禧百代"，"淑女成佳妇，君子赋好逑"等通用者外，尚根据不同月份与季节，灵活变化，毫无雷同。

正月之婚联，其词为"桃符新换迎娶帖，椒酒还斟合卺杯"。二月婚联为"眉黛春生杨柳绿，玉楼人映杏花红"。三月婚联则书"红雨花村交颈鸳鸯成匹配，翠烟柳驿和鸣鸾凤共于飞"。四月则书"满架蔷薇香凌金屋，依槛芍药花拥琼楼"。五月则书"才子凌云佳人咏月，榴花映日蒲叶摇风"。六月则书"槐阴连枝百年启瑞，荷开并蒂五世征祥"。七月则书"银汉新秋金闺嘉偶，人间巧节天上佳期"。八月则书"巧借花容添月色，欣逢秋夜作春宵"。九月则书"酒酿黄花情联鸾凤，诗题红叶梦协熊罴"。十月则书"大雁比翼飞万里，夫妻同心乐百年"。十一月则书"雪飘双飞蝶，灯映并头梅"。十二月则书"合欢共醉黄封酒，度岁新添翠袖人"。

文人们还依阴历初一至三十不同日期编写新婚联语。例如初一日结婚，则书"初见钟情今结伴侣，一堂聚首齐庆新婚"。初四日结婚，则书"初夜话前情曾记否山盟海誓，四更入熊梦其然乎如意称心"。初六日则书"初衷遂两姓偕长并乾坤之寿，六律和五音协永调琴瑟之欢"。初七则书"初次合卺畅抒壮志，七夕巧渡喜结良缘"。初十日则书"初鼓月才明高手欲攀丹桂蕊，十年闺待字赤绳已系玉人心"。十一结婚则书"十里山河处处莺莺燕燕，一园春色朝朝我我卿卿"。十六日则书"十全其美五世其昌斯为贵也，六合同春万民同庆不亦乐乎"。二十一日则书"二朵彩云飞彩凤，一双红烛映红心"……凡此种种，不胜枚举也。

此外,就连红色喜烛上亦有诸如"乾坤定矣,钟鼓乐之","花开富贵,云现吉祥"等金字喜庆对联。所遗憾者,旧婚礼中所涉及之文学底蕴,如今已鲜为人知矣!

巧对佳联配佳偶

在婚联问世之前,对联早就在人们的婚恋中广泛应用。巧对联语配佳偶的故事,民间流传很多。

相传,当年王安石赶考路过马家镇。正遇马家镇马员外出联择婿。上联写在一盏走马灯上:

走马灯,灯走马,灯熄马停步。

王安石一时对不出,就忙着赶考去了。面试时,他一看考官出的上联,不禁喜出望外。原来上联是:

飞虎旗,旗飞虎,旗卷虎藏身。

王安石当即以马员外的上联相对,天衣无缝。王安石考试完毕返回马家镇,便以考官那联对上马员外那联,被马员外择为乘龙快婿。完婚之日,王安石又收到了中榜的喜报,真是喜上加喜。王安石豪兴大发,挥笔在红纸上写了个双喜字贴在门上。

苏东坡的妹妹苏小妹才华出众。秦少游听说苏小妹以文择偶,便从扬州赶到京城。恰好苏小妹到庙里进香,他就装扮成游方道人向苏小妹化缘,并出了一个上联:

小姐有福有寿,愿发慈悲?

苏小妹一听,这个道士出口不凡,便应声道:

道人何德何能,敢求布施?

秦少游又道:

愿小姐身如药树,百病不生。

苏小妹马上答道:

任道人口吐莲花,半文不舍。

秦少游见苏小妹举止大方,两联对得工整严谨,更生爱慕之情。他见苏小妹要回去,便追至轿前道:

小娘子一天欢喜，如何撒手宝山？

苏小妹见他纠缠不休，答道：

疯道士恁地贪痴，哪得随身金穴！

秦少游决意以文求婚，而苏小妹以文择偶最后选中的，正是那个"疯道士"秦少游。

洛阳才子文必正，长得一表人才。在一次庙会上，巧遇吏部天官的女儿霍金定。霍小姐姣好的容貌和非凡的文才深深打动了文必正。不知霍小姐的心思，又不甘忍受相思之苦，于是文必正改名换姓卖身为奴，进了天官府。一天，他借送花之机，向霍小姐亮明身份，说明缘由，倾诉爱慕之情。霍小姐对文必正也是久仰大名，但不轻信眼前"家奴"所言，便出了个上联以试真假。上联曰：

吏部堂中，一史不读枉作吏。

上联的首尾二字都是"吏"，而且联中还把"吏"字折为"一史"，是比较难对的。文必正当即作答下联：

天香阁上，二人叙情夫为天。

天香阁自然是霍小姐的闺阁。下联首尾都用一个"天"字,在联中把"天"字折为"二人",这都符合上联的要求。比霍小姐胜过一筹的是,还将"二人"合为"夫"字。霍小姐听了心中暗喜,疑团顿消。

清道光年间,广西浔州(今桂平市)出了一位才女,名叫崔娟娟。此女博学多闻,能诗善对,出口成章。她妙对招亲结良缘的故事,至今还为当地人津津乐道。

崔娟娟性喜郊游,每游或诗或文,或联或画,均具匠心,别有情趣。一天,崔娟娟由贴身丫环陪伴,跨浔江,游东塔,观看了东塔回澜和风月挂铃诸景。看得入迷,流连忘返,待回到浔江岸边,时已傍晚,便雇船回城。船至江中,打开船窗,明月当空,并排邻船几位学士正在吟诗作对。其中一位学士道,我有一联求偶:

望空悬月水底朝天成一对。

这联是应景而发,意境清新。天空之月与水底之月互相辉映,天然成对,要找相应景物实属不易。几位学士一时鸦雀无声。其时适有一只南来飞雁从空中掠过,崔娟娟触景生情,浮想联翩,便隔船吟出下联:

南来孤雁江中相映共双飞。

众学士一听，甚为惊愕，齐赞：对得绝妙，还语义双关。那位出上联的学士更是欣喜莫名，他与崔娟娟打了个照面，两人均会心微笑。

崔娟娟回到家中，有感于江中奇遇，产生与撰联书生结良缘的妙想，但对方诗才究竟如何，欲再一试。其父开明，同意并支持她的想法。于是在元宵佳节之夜，天官府搭彩楼一座，公开以联招亲。

当晚，月照中天，彩灯悬挂，笙鼓齐鸣，人山人海。崔娟娟贴出上联：

张长弓骑奇马单戈独战文章早立

观者蚁聚，但联语独特，全是拆字之句，要对得上异常困难。眼看子夜临近，依然无人应对，就在即将收联时，有一学士上台对出下联：

妙少女闭才门今口情含见夫遵规

对联张贴后掌声雷动，观者齐赞对得妙。崔娟娟仔细看去，正是那位"隔船人"，心中暗喜。细问学士来历，答道："某乃李少莲，湖北景山人，因仰慕西山景色及浔阳风光，故与学士们同游，不意逢此良缘，实乃三生之幸。"崔家富有，婚礼早已备办妥当，当晚即给二人完婚。

李少莲满腹经纶,人品极好,厌恶官场黑暗,不愿出仕。婚后与崔娟娟在西山脚下筑室为居,名"别有村"。李少莲专攻诗书,曾写"碧云天"三字刻于西山石壁,为后世书法楷模。崔娟娟专攻书画,所画之梅兰菊竹风靡一时,夫妻合著《别有村诗抄》流传后世,世人争相传诵。

京城妙联拾趣

北京善作对联者层出不穷，所作对联，或雅或俗，或庄重或诙谐，或短对或长联，皆别有情趣。

就幽默楹联而言，见诸古城各角落者，听诸市井口碑者，不胜枚举矣。此等楹联，对仗工整而寓意深刻，读之常令人喷饭，非思维活跃且功底深厚者莫能为也。老北京人素称这种楹联为"耍骨头"（北京土语），即调笑、嘲弄为戏也。

乾隆四十五年（1780），西藏活佛班禅六世莅京为乾隆祝寿，先居雍和宫，后奉旨在西黄寺（坐落于安定门外，与东黄寺毗连）安禅。僧徒参谒，不下千人，但见活佛趺坐禅座，屹然不动。同年，活佛病死，有人挽以联云：

渺渺三魂，活佛竟成死鬼；
迢迢万里，东来不见西归。

又有人赠联曰:

红豆相思,活佛变成死鬼;
昙花一现,北京即是西天。

昔日北京"八大胡同"等处的妓女,一旦红颜衰老,便"门前冷落车马稀"。因之入不敷出,境遇与乞丐相仿,故有文人作乞丐与老妓排遣联:

千舍万有,万舍千有,我的多福多寿老太太;
朝思暮想,暮想朝思,奴的知情知义小哥哥。

北京人吸烟,各有所好,有的吸水烟,有的吸旱烟,还有闻鼻烟和吸鸦片烟者,更有一种嗜烟如命者,无烟不吸,被老北京人称为"烟鬼"。有人撰联嘲讽嗜烟者:

水烟、旱烟、鼻烟、鸦片烟,无烟不满;
土气、臭气、脾气、牛臊气,其气难闻。

旧时北京的老师(或云教书匠),从私塾到官学,迫于生计,不仅要对上司恭而敬之,而且要向所教的大小少爷们的家长点头哈腰,最终一辈子教书,一辈子受穷。30年代初,某纨?子弟撰一联嘲笑教师年老而穷:

穷老师，老老师，穷当益坚，老当益壮，穷老坚壮一老师。

某教会学校一国文教师见后悲愤不已，遂作如下之答联：

大少爷，小少爷，大则以王，小则以霸，大小王霸两少爷。

同病相怜的穷教师读之，皆为这辛辣的答联拍手称快。

北京南城有精忠庙，为抗金英雄岳飞的香火之地。庙前有秦桧夫妇泥塑跪像，每年正月，进香者以火烧其像，名曰"烧秦桧"，以泄对卖国奸贼的心头之恨。有好事文人于庙垣上书秦桧夫妇问答联：

咳！仆本丧心，有贤妻，何至若是；
呸！妇虽长舌，非老贼，不到今朝。

京城门对

老北京城，大凡四合院皆有门对，或五言或七言，或摹写或雕镌。那雅正的藻思绮语、妍捷豪迈的墨宝，为八百余年古都披上了一层浓烈的文化色彩。

门对字数最少者为四言，如"登仁寿域，纳福禄林"，可谓言简意赅；而"聿修厥德，长发其祥"，同是四言，倘不谙《诗经·大雅·文王》便不知其所云矣。

五言门对较多，如"门庭清且吉，家道泰而昌"；"诗书修德业，忠厚振家声"。意稍隐晦者如"高才食旧德，流藻垂华芬"。其中"食旧德"一语，出自《易讼》。所谓"旧德"，即先人的德泽，往日的善政。五言门对颇工者亦不乏见，例如"梅花开五福，竹叶兆三多"；"有猷有为有守，立德立功立言"。

七言门对多见于深宅大院，含义亦有深浅之别。较为浅显者，如"忠厚留有余地步，和平养无限天机"；"逸情忘我书千卷，淡意可人梅一窗"；"握理明珠堪代日，云中奇骏欲追风"。而侧重用典者，如"道德家声传两晋，文章惠业著三槐"。"三槐"语出《周礼·秋官·朝士》："面三槐，三公位焉。"相传周代宫廷外种有三棵槐树，朝见天子时，三公面向三槐而立。后世即以三槐比喻三公一类的高级官位。

旧时北京最长之门对，字数多达十一个。每扇门板分行刻之，其辞藻更重典雅深湛；且必有名家书写，巧匠精雕，良工油漆，以不失其大家风范也。北京文史馆馆员叶赫颜札仪民在北京西城丰盛胡同的故居，即为十一字之门对：

> 室有余香，谢草郑兰燕桂树；
> 家无别况，唐书晋字汉文章。

上联中之谢草者，指谢朓所善之草书；郑兰者，言郑板桥工画之兰草；燕桂树者，即燕家景致，指北宋画家燕文贵（一作文季）所画的四时风景，即花村晓月、平江晚雨、竹林暮霭、松溪残雪。这副儒雅的门对，着实将书香门第的气氛渲染得淋漓尽致。

商人的宅院，为附庸风雅亦崇尚门对，而其词则往往于俗气中夹杂着铜臭，如"生财从大道，经营守中和"，"生意兴隆通四海，财源茂盛达三江"等。

老北京四合院门对之字句，无论摹写还是雕刻，必须先披麻刮腻子,而后再以桐油、火漆及银朱(朱砂)髹饰。其格式一般是黑底儿红心儿,心子中的字或为黑色或为金色(讲究者贴金箔儿而不涂金粉),其色艳丽而润泽,或远眺或近觑,皆美不胜收,妙不可言也。

石家大院的匾额

坐落在天津西郊杨柳青镇的石家大院,素有"华北第一民宅"之称。石家大院又称"尊美堂",本是天津八大家之一石元仕的宅院,建于清光绪元年(1875),占地六千余平方米,房屋近二百间。石家大院作为民宅不仅因其规模大而著称,还因其家族与清皇太后和大臣们的特殊关系而让人觉得非同一般。与这座古朴、庄重的灰色建筑群相辉映的还有那些名人题写的匾额和楹联。这些匾额、楹联或悬于书斋,或挂于戏楼,或置于佛堂,使这座民宅充满了文化气息。

石家大院入门处的第一副金字楷书联是:

桃花园内桃花红,
杨柳村外杨柳青。

此联点明了石家大院周围的环境,描绘了古镇杨柳青桃红柳绿的田园风光，联尾嵌有"杨柳青"之名。该联朴素自然，雅俗共赏。

诗书琴画镶家宝，
松梅兰竹蔚门庭。

此联置于第二道宅院的门柱上，为行书联，展示了大院主人附庸风雅的情趣。一"镶"，一"蔚"，细加思索，令人感到满院书香。

中室廊柱上的楷书楹联为晚清大书法家、光绪皇帝的老师翁同龢所撰：

文章真处情性见，
谈笑深时风雨来。

每读此联，不觉让人忆起唐代诗人刘禹锡在《陋室铭》中的"谈笑有鸿儒，往来无白丁"的句子。

后堂门首高悬的一块巨匾，是当年的原物，黑底金字大书"津西保障"，并题"钦加三品衔诰中议大夫赏戴花翎"。此匾的来由是：1900年义和团在天津兴起，石元仕为了保全全家及"维护"乡里安全，极尽权变之能事，使义和团活动未能在杨柳青展开。为此，经当时的北洋大臣李鸿章保奏，朝廷赏石元仕三品顶戴花翎，石家声名显赫一时。

　　石宅的戏楼，在大陆民宅中可说首屈一指。戏楼建筑古香古色，砖木石雕精美无比，墙可回音，夏日消暑，冬日有地炕御寒，在这里听戏，舒服至极。戏台的台柱上镌刻着一副楹联，联曰：

> 梓泽兰亭逢盛世，
> 绽桃杨柳庆升平。

可以想见当时的石家生活是何等的惬意。

　　"知足知不足斋"是石家商议大事的地方。此斋的匾额系清代书法家、东阁大学士刘墉所题，意在提醒石氏要知足长乐，又要知不足而不断努力，以求更加发达。斋中悬翁同龢书匾"尊美堂"。

　　"尊美堂"又称花厅，它的右室悬着一块楷书金字匾，曰"乐善好施"，此匾为慈禧太后所书。相传八国联军入侵北京以后，慈禧太后在京召见石元仕，并赐此匾。但"善"字右边故意漏下一点，其意思是你石家乐善好施，比我还差一"点"，此被传为趣话。

　　石宅佛堂门柱上的楹联是这样的：

> 至诚感神，神功还得人功助；
> 唯德动帝，帝力须凭物力感。

此联深富哲理,是石家大院的联中别具特色的。它巧妙地解释了人、神、物三者之间的功利关系。

婺源"书乡"多楹联

江西婺源素有"书乡"之誉。其文化氛围之浓厚,从颇为流行的楹联,便可窥见一斑。

婺源人大凡婚嫁、祝寿、迁居、建房、店铺开张及民间一些活动,都要张贴楹联,以示庆贺。一般多用纸写,如是名人撰拟,则用木刻或木雕,漆后还撒上金粉。

坐落于婺源北部的大鄣山,旧志称此是"钟灵发脉之地"。秦时,秦始皇将天下划分为三十六郡,其中"鄣郡"就是以此山命名的。有一副楹联写的是大鄣山的"风水":

泰岱钟灵,孔子万世表率;
鄣山毓秀,文公百代经师。

文公,即朱熹。朱熹是继孔孟之后儒家思想的集大成者,是中国古代著名的思想家、教育家。就像泰山孕育了孔孟一样,大鄣山造就了朱熹这位独领风骚的一代宗师。

在婺源县龙山乡桃溪村潘氏宗祠,有这样一副楹联:

一门九进士,
六部四尚书。

该联气魄之大,炫耀之狂,真有不可一世之感。原来,该村在明代成化至嘉靖年间,共出了四十多位进士。一百多户人家,平均四户出一个,其中一房不止九位,而是十一位。九者,多也。下联有两种说法,即该村确有四人曾担任过尚书官职;另一说法是该村有个叫潘潢的人,他在六部中担任过户、工、吏、兵四部尚书。这副楹联与大鄣山的楹联可说是前呼后应,后者为前者作出了有力的佐证。

受历代文风的影响,婺源百姓人家不仅喜在自家的厅堂室内张挂楹联、字画,而且在祠堂、路亭、店铺等处也贴楹联。如婺源老字号"协和昌"茶店就有两副店联,一副是:

协力同心均遂意,
和气生财必大昌。

另一副是:

熙雨布云瑞香纷家园,

春前花雾秀片放园林。

两副楹联巧妙地把店名和该店经营的"熙春、雨前、云雾、香片、家园"五种名茶嵌入其中,耐人寻味。

过去婺源乡村的石板路十里一长亭,五里一短亭,供行人憩息,不少路亭内都写有楹联。如秋口镇秋溪村茶亭有一副楹联写道:

对面那间小屋,有凳有茶,行家不妨少坐息;
两头俱是大路,有名有利,各人自去赶行程。

回头岭离婺源县城五华里,古道通向各地,亭内有不少楹联,最佳者是这样一副:

因甚的走忙忙,这等步乱心慌,毕竟负屈含冤,要往邑中伸曲直;
倒不如且坐坐,自然神收怒息,宁可情容理让,请回宅上讲调和。

这副楹联是当年一位当过知县的进士写的。据说过去一些因家庭纠纷、邻里不睦而欲进城打官司的,走到这里看了这副楹联后,都怒消气平,回心转意,不再往前赶路,而是回家寻求和解。故此岭在当地被群众叫作"回头岭"。

名山胜景佳联多

余喜爱旅游,去过不少名山胜地,也搜集了不少楹联佳作。茶余饭后拿出来品赏,游景重现,真乃一大乐事。

河南省南阳武侯祠有一副楹联:

收二川,排八阵,六出七擒,五丈原前点四十九盏明灯,一心只为酬三顾;

取西蜀,定南蛮,东和北拒,中军帐里摆金木土爻卦,水面偏能用火攻。

此联仅用五十四字便概括了诸葛亮的二十七年戎马生涯和历史功绩。上联巧妙地运用一至十十个数字,下联灵活地应用五个方位词和五个名词,概括诸葛亮西和诸戎、南抚夷越、东结孙权、北拒曹操,试图统一中原的战略宏图。对联还提及赤壁之战、击张鲁、取刘璋、七擒孟获、六出祁山、五丈原归天等故事。称得上言简意赅、字字珠玑。

四川省成都武侯祠有一副楹联：

能攻心则反侧自消，自古知兵非好战；
不审势即宽严皆误，后来治蜀要深思。

这副楹联寥寥三十字，精辟地总结了诸葛亮善于"攻心"，使身边的反对者"自消"的高明策略，指出古往今来知名善战者不一定好战。下联从否定落笔，启示后人宽严要审时度势，治国要深思熟虑。可谓金玉良言，发人深省。

浙江省杭州西湖岳飞墓的墓门上有一副楹联：

青山有幸埋忠骨，
白铁无辜铸佞臣。

岳飞墓庄严肃穆，气势宏伟。墓墙两旁铁栅栏内，是赤身跪地的秦桧、王氏、万俟?、张俊等奸臣铸像。这副楹联歌颂岳飞，除直接赞以"忠骨"外，更深入一层，把青山拟人化——青山认为将英雄的忠骨埋在自己的怀里，是无限荣幸的！青山本来就美，得以埋葬忠骨，就显得更美了，这比直接赞颂岳飞的英雄形象更能突出所要表达的爱憎情感。下联抨击秦桧等奸佞，除直接斥之为"佞臣"外，也为白铁惋惜——白铁原本无罪，为何用它来铸造奸臣的丑恶形象，任人口吐唾沫？上下联对仗工整，耐人寻味。

秦桧和他的老婆王氏的铁像身上，有这样一副楹联：

咳！仆本丧心，有贤妻何至如是？
啐！妇虽长舌，非老贼不到今朝！

据说清代乾隆年间，秦桧的第七代孙做了杭州抚台。一天与友人同游西湖，到了岳飞墓前，有人故意要他题墓联。他面红耳赤，写了如下一副楹联：

人从宋后羞名桧，
我到坟前愧姓秦。

望江楼上三联对

四川成都东郊锦江南岸四川大学右侧的望江楼,史载是唐代著名女诗人薛涛所建,至今已逾千载。

望江楼系望江公园的主要建筑,枕江而立,高耸入云,辉煌壮丽,造型别致。楼共分四层,上两层为八方,下两层为四方,每方翘角上均悬有铜铃。游人沿楼内木梯攀上最高一层,登临四眺,锦江两岸风光尽收眼底。

清乾隆年间,有位江南才子云游到成都,登临望江楼,触景生情,随口吟出一副上联:

望江楼,望江流,望江楼上望江流,江楼千古,江流千古!

上联不仅活现了望江楼的绝妙景致,而且将上下几千年的兴亡感叹也包含在内。这位江南才子在成都居住半年,冥思苦想,总也对不出下联。于是,他将这一上联公之于世,征求下联。消息传出,轰动四川,一时引起蜀中文人墨客竞相应对,但结果终无满意者。因此,这上联一直被认为是"绝对",空了许多年。

20世纪30年代,有人在成都郊外掘出了一块刻有"印月"二字的井栏石,触动了一位四川大学学生的灵感——那望江公园不就是薛涛故居的遗址吗?薛涛故居不正有一口薛涛井吗?薛涛生前想必经常去那井畔汲水吧?那井里不就经常映现出薛涛的芳容吗?皓月当空之夜,那井中不就会映现出一轮明月吗?千年过去了,那口井至今依然存留在望江楼下,凭吊之人络绎不绝……顿时,切题的下联信手撰成了:

印月井,印月影,印月井中印月影,月井万年,月影万年!

佳对难得,这次的下联得到了认可,当即被有关部门刻挂在望江台上,至今尚存。从此,望江楼"绝对"不"绝"了!

1987年中秋佳节,一位离乡近四十年的海外游子回成都探亲。一天午后,他兴致勃勃地去重游久违的望江楼。当他看到这副下联时,觉得确是难得一对,又一想,仍觉下联逊于上联,以默默无闻的"印月井"对大名鼎鼎的"望江楼",显得不够"门当户对"。后来他去了成都杜甫草堂,

"广厦千万间"已成现实,溪畔又有浣花村姑花枝招展,于是灵感一来,吟出下联:

> 浣花溪,浣花衣,浣花溪畔浣花衣,花溪一新,花衣一新!

正是一副对联三联对,成对相隔数百载。

青城山长联

青城山，位于四川省灌县县城西南十六公里处，是久负盛名的避暑胜地，也是中国道教发祥地之一。山上风景优美，有"青城天下幽"的美誉。

建福宫位于丈人峰下，是游览青城山的起点。宫内有长达三百九十四字的对联，为四川通江人李善济于清宣统三年（1910）所撰。其联云：

溯禹迹奠岷阜以还，南接衡湘，北连秦陇，西通藏卫，东峙夔巫。葱葱郁郁，纵横八百里舆图。试蹑屐登上清绝顶，看云岭光腾，红吞沧海；锦江春涨，绿到瀛州；历井扪参，须臾踏蜗牛两角。争奈路隔蚕丛，何处寻神仙帑库？丈人峰直墙堵耳！回思峨眉秋月，玉垒浮云，剑门细雨，尚依稀绕襟袖间。况乃夜朝群岳，圣灯先列宿紫天；泉喷六时，灵液疑真君唾地。读书台犹存芳躅，飞赴寺安敢跳梁！且逍遥陟檐匐岗，渡芙蓉岛，都露出庐山面目，难遽追攀。楼观瓦玲珑，今幸青崖径达。问当初华渚姚墟，铜铸明皇应宛在。

自轩坛拜宁封而后，汉标李意，晋著范贤，唐隐薛昌，宋征张愈。烈烈轰轰，上下四千年文物。漫借瓻考前代遗徽，记官临内品，墨敕亲颁，曲和甘州，霓裳同咏，鸾章翠辇，不过留鸿爪一痕。可怜传林深杜宇，几番唤望帝归魂？高士传岂欺予哉！莫道赵昱斩蛟，佐卿化鹤，平仲驰骡，悉缥缈若遐荒事。兼之花蕊宫词，巾帼共谯岩竞秀；貂蝉画像，侍中与太古齐名。携孤琴御史曾游，吹长笛放翁再往。休提说王柯丹鼎，潭峭跛鞋，那堪他沫水洪波，无端淘尽。英雄多寄寓，我亦碧落暂栖。待异日龙吟虎啸，铁船贾郁定重来。

上联写青城山的地理位置和山川形势，进而写了登峰远眺的壮丽景色，于绘景中抒情。下联写实述怀，涉及许多典故。从史实着墨，历数山川大事，于咏史中寄意。

下联中涉及的典故主要有："轩坛拜宁封"，说的是轩辕皇帝设坛拜宁封为五岳丈人的故事。"墨敕"指的是唐玄宗的手诏。"鸿爪一痕"，出自苏轼诗:"人生到处知何似?应似飞鸿踏雪泥。泥上偶然留指爪,鸿飞那复计东西。"喻往事留下的痕迹。

有趣的石门"绝对"

石门,即今河北省石家庄市,为河北省省会所在地。早年,这里流传着两则"绝对",几十年过去了,一直没人对出,忆来非常有趣。

辛亥革命后,军阀混战,民国大总统换了一任又一任,谁也没有把中国治理好。石门老百姓在失望之余用半副对联历数自孙中山到冯国璋几位总统,表达愤愤之情。这半联是:

由山而城,由城而陂(池塘),由陂而河,由河而海,每况愈下。

联中的"山",指孙中山,广东香山县(今中山县)人,任民国总统一年;"城"指袁世凯,河南省项城县人,任民国总统两年;"陂"指黎元洪,湖北省黄陂县人,任民国总统两年;"河"指冯国璋,河北省河间县人,任民国总统两年;"海"指徐世昌,江苏省东海县人,任民国总统五年。联中没有提及总统姓氏,而以总统家乡地名代之,且由高到低,似水往低处流,其寓意深远。这半联自当年撰出后,一直无人对出下联,成为绝对。

1945年日本投降后,河北省获鹿(当年辖石门,今为鹿泉市)流传着半副"县长联":

割下猪头送礼去。

1937年10月,获鹿沦陷,获鹿县顺城关镇旧官吏葛子久充当县维持会长,继而又当了伪县长。1940年县警备队副大队长张步云等七人被杀,震动了石门日本宪兵队。特务机关查办,葛子久于当年自杀身亡。第二任县长朱能云,河北省迁安县人,在获鹿三载,横征暴敛,大肆贪污。事发后,他唆使下属纵火烧毁军火库。后被华北政务委员会齐燮元捉拿,枪决于北京天桥。第三任宋一之,保定市人,在新民会曾任职。其人貌文质彬彬,是铁杆汉奸。他在任时,走遍获鹿大大小小村庄,宣传"中日亲善"、"大东亚圣战",并动用武装征粮、抓劳工,干尽了坏事。日本投降后,他还死守县城,与前来受降的八路军死拼。第四任县长叫李洪祥,河北省玉田县人。据传,此人上任后做了一个"割猪送礼"梦,梦见狗皮仙将猪头送给了八路军。他让别人解梦,别人不敢解。此人在任职期间，欺压百姓，做尽了坏事。1947年落入法网，不久被枪决。

对这几任县长的所作所为，老百姓恨之入骨，遂按照他们的姓氏，编出了半副对联：割（葛）下猪（朱）头送（宋）礼（李）去，至今无人对出下联。对此还有一种解释，说流传的半副对联是"割下猪头送礼留"，这"留"，指刘子寿，此人是西龙贵人，在日本投降后代理过一个月的获鹿县长，后由李洪祥接替，也被枪决。

流传于石门的"总统联"和"县长联"，真实地反映了当年历史现实。事隔几十年，不知今天可否有人能对出下联。

桂平西山赏联

广西著名的游览胜地——桂平西山,除了林秀、石奇、泉甘、茶香、披阴石径、庵寺古迹构成一片清幽世界之外,还有耐人寻味的佳联。

西山佳联,琳琅满目,有描绘风光名胜的,有阐述人生哲理的,有言志抒怀的,有尊佛论道的。而赞美西山最妙的一联,隐身在乳泉古井旁的崖坎间:

> 泉边有石吾为友,
> 客里逢人说此山。

此联平白如话,虽不很讲究对仗,却蕴涵着作者对西山的一片挚爱之情。作者用拟人手法,以石为友,"逢人"说山,痴情一片,是爱西山之深的写照。

最能概括西山名胜的对联,莫过于挂在全国重点文物保护单位——西山洗石庵门厅大柱上的一副长联:

苍梧偏东，邕宁偏南，桂林偏北；唯此地前列平原，后横峻岭，左黔右郁，汇交廿四江河；灵气集中枢，人挺英才天设险。

洗石有庵，乳泉有亭，吏隐有洞；最妙处茶称老树，柳纪半青，文阁慈岩，掩映十八罗汉；游踪来绝顶，眼低层塔足凌云。

上下联是由两个人撰写的。1921年秋，下联作者邹鲁奉孙中山之命，以特派员身份从广州到广西南宁劳军，途经桂平，与一班名士游宴于西山龙华寺。刚入席，有个叫孔文轩的文人出了上联邀对，说对出下联方可开席，弄得宾主面面相觑。刚游罢西山的邹鲁看到上联写的是桂平形胜，灵机一动，便将桂平西山的胜迹精集巧缀，对成下联，众人赞不绝口。

西山众联中，乳泉亭联鲜为人知。乳泉亭，位于乳泉古井旁，为桂系军阀陆荣廷所建。后滇系军阀唐继尧在亭中留下一联：

自苍梧迤逦而来，造极登峰，伫看南流一束，北流一束。
离翠海钓游之所，乘风破浪，试看在山何如，出山何如。

1921年初，唐继尧被顾品珍逐出云南，到了香港。孙中山在广州组织革命军政府时，主动邀他共图北伐大计，而他在孙中山集师桂林准备北伐时，暗走梧州、桂平、柳州一线，另作他图。上述对联就是他路过桂平游西山时留下的。上联字面写的是从梧州到此的事，其实却是影射当时南北分裂的局面，联中把北方军阀把持下的割据政权与南方孙中山领导的革命政府视同互相抗衡、平分秋色的两股力量，即所谓"南流一束，北流一束"，可见作者的政治态度。下联是他对自己被赶出云南地盘——"翠海钓游之所"很不甘心的心境写照，总想"乘风破浪"，卷土重来，所以在对联中盘算着"在山"还是"出山"的问题。后来他果然没有应召去桂林参加北伐，而是唆使正在北伐的滇军三千多人倒戈返回云南，把拥护北伐的顾品珍打死，重霸云南。孙中山不得不对他发出讨伐令，在各方正义力量的追讨下，唐继尧以败亡而告终。这一段史实正好成了这副对联的注脚。

名家联趣
mingjia lianqu

历代状元对联撷忆

自隋代至清末实行科举取士,近一千三百年共出现文状元七百六十九人。这些文状元学问很高,自然对联也做得很好。现摘取几例,以飨读者。

宋代梁灏,在雍熙二年(985)以八十岁高龄考中状元,成为中国历史上年龄最大的状元。他在向皇帝谢表时,写了一副精妙的对联:

> 白首穷经,少伏生八岁;
> 青云得路,多太公二年。

意思是说,我梁灏比商周时的姜太公大二岁入仕,比秦汉时的今文《尚书》学的开创者伏生还早八年。《三字经》中有"若梁灏,八十二,对大廷,魁多士"句。

明代状元、文学家杨慎,五岁时便以文采闻名乡里。一天,杨慎在新都城外一条小河中洗澡,恰巧新都知县路过河边，听说他是个才子，又见到他把衣服挂在树杈上，便出一上联，让其对下联。

县令上联是：

千年古树为衣架。

杨慎对下联：

万里长江作澡盆。

明代正统四年（1439）状元施槃，幼时聪颖好学，少年时，有人带他拜访一姓张的都宪。张都宪出上联，让他对下联。上联是：

新月如弓，残月如弓，上弦弓，下弦弓。

施槃脱口而出下联：

朝霞似锦，暮霞似锦，东川锦，西川锦。

明嘉靖年间（1522～1566），江西吉水县状元罗洪先，人称其"才高八斗"。有一天，他同几个士大夫乘船游九江，有个船夫出一上联，向罗状元讨下联。上联是：

一孤舟，二客商，三四五六水手，扯起七八叶风篷，下九江，还有十里。

上联一出，竟一时无下联可对，状元大失体面。1959年6月，广东佛山有一位老装修工，到十里外找一种"九里香"木料，只用两天便找到了。这种木料，1943年有人用了一年左右时间才找到。这事被一个叫李戎翎的人听到，对出了下联：

十里运，九里香，"八七六五"号轮，虽走四三年旧道，只二日，胜似一年。

明嘉靖年间状元林大钦，受命到地方主考。一天傍晚过汉水，天上乌云密布，这时一渔翁划来一只小船，说："我有一个上联，你答出下联，便送你过河。"渔翁出的上联是：

孔子生舟（周）末。

渔翁讲的"孔子"是双关语，既指孔夫子，又指船尾插舵的小孔。林大钦苦苦思索时，忽然一道闪电从汉水对岸腾空而起，他随即对出了下联：

光舞(武)起汉中。

此中"光舞"也是双关语,既指闪电又指光武帝刘秀。

江西吉安有一座望仙山,山上有一孤寺,寺中有一泥菩萨。崇祯十年(1637)状元刘同升游仙山,写出一个上联:

独岭孤山,一神像单刀匹马。

吉安当时是文化之乡,众多文人对不出下联,有一渔翁却脱口而出:

隔河两岸,二渔翁对钓双竿。

金圣叹刑场对佳联

清代文人金圣叹,是中国文学史上著名的评论家。他生性诙谐聪敏,恃才傲物,放荡不羁。他虽然诗文作得很好,但总是在答卷或口试中因讥讽考官,因此每每落第。据说有一次面试,考官让他作一篇人不同于禽兽的文章,金圣叹便说:禽兽不可训导。也就是说,再怎么训导它还是禽兽。搞得考官哭笑不得,又无可奈何。由于久不得志,后来他就浪迹江湖,笑傲人生。直到最后赴刑场时,他依然神态自若,从容作诗,把生死置之度外。

金圣叹自幼喜爱作诗写联,且时有佳作和警句问世。有一次,他到一座寺庙游玩,夜里二更时,忽然心血来潮,想借庙中经书一看。寺中长老有意要难为他一下,出了一个上联:"半夜二更半"。他左思右想,怎么也想不出如何应对,只好作罢,心中一直为此怏怏不快。

后来,因对吴县知县搜刮民财、盗卖库粮不满,金圣叹与诸生聚合孔庙行哭以示抗议。清统治者遂以"蛊惑倡乱"之名，判金圣叹死罪。收监期间，其子梨儿、莲子前往探监，父子相对惨然。金圣叹吟一联：

> 莲（谐"怜"）子心内苦，
> 梨（谐"离"）儿腹中酸。

此诗句语义双关，对清统治者的残暴进行了谴责。

临刑前，儿子到刑场和他道别，他问儿子：今天是什么日子？儿子回答：八月中秋。金圣叹忽有所悟，长老上联是"半夜二更半"，我对下联"中秋八月中"岂不正好。这时，他异常兴奋地嘱咐儿子，回去后一定要到寺中告知长老自己对出的下联。

金圣叹被处决时，正值山河淡装素裹、雪融冰消之际。他翘首苍天，触景生情，立就一首自悼诗，并高声吟诵道：

> 天生悼我地丁优，万里江山尽白头。
> 一时太阳来吊唁，家家户户泪珠流。

吟罢，慷慨赴刑。

李翰林寿联挂正位

李绍昉(1787～1845),字东阳,号晓园,广西北流县清湾镇侯村人。他出身名门望族,祖父李毓藩为举人,父亲李程泌为拔贡,历任隆安、藤县教谕。

李绍昉自幼聪明好学,在祖父、父亲的指导下,博览群书。嘉庆十年(1805)中秀才,嘉庆十五年乡试中列榜第一名,嘉庆十八年中举人,嘉庆二十四年中进士,保和殿复试一等一名,钦点翰林庶吉士,授职编修,参加国史馆编纂工作。当时翰林院、国史馆的鸿篇巨著,不少是他执笔写成。

翰林院中尽是资历颇老的老学究,李绍昉初入翰林院时,正值盛年,老翰林们不了解他的才学,不免有些轻视,言语中也时常流露出轻蔑之意。李绍昉觉得此乃人之常情,因此也未曾动怒,反而对老翰林更加尊敬,有什么问题常请教他们。老翰林见这新翰林倒是颇为谦逊,逐渐对他有了好感。

这一年，恰逢嘉庆皇帝五十大寿，满朝文武都为做寿之事奔波忙碌，翰林院的翰林们也在忙着为皇上准备寿联。每逢皇上做寿，朝中大臣都要写一副寿联作为寿礼，然后由皇上亲自评定，将他认为写得最好的一副摆在寿堂的正位上。历年来，这正位上的对联均为翰林院老翰林们的手笔。这一回，老翰林们也是悉心琢磨，挖空心思，都希望自己的寿联博得皇上的欢心，能摆在正位上。

眼看做寿之日临近，文武百官都将自己写的对联裱好送进宫里，请皇上评阅。老翰林们更是早早地便把寿联送入宫中，只有李绍昉这位新翰林不慌不忙。老翰林们都催促他，说这寿联越早送入宫中越好，李翰林却说："只要文笔出众，早送晚送还不是一样。"老翰林都摇头道："此言差矣，我们的寿联每次都是最早送入宫中，因此总能挂于寿堂正中。听你的口气，似乎你的寿联虽然晚入宫，却也能博得皇上的欢心，挂于正位。如此我们便与你打个赌，如果你的寿联能摆上正位，我们几个便设宴祝贺你。"李绍昉道："如此就多谢几位前辈了。"直到嘉庆皇帝寿辰的前两天，李绍昉才将寿联写好。

到了嘉庆皇帝做寿那天，文武百官争献礼金，金线绣的大幅寿联挂满寿堂。迟来的李绍昉却是一幅红纸呈上。嘉庆皇帝展开一看，龙颜大悦，立即命人将红纸联挂于正中。群臣不解其意，心中不平。李绍昉的祝寿联挂好后，只见上面写道：

顺泰康宁，雍然乾德嘉千古；
治平熙世，正是隆恩庆万年。

原来这副对联不但赞颂了当朝一派太平盛世的景象，而且把皇家列祖列宗的功德都镶嵌上去了，上下联拼起来正好是"顺治"、"康熙"、"雍正"、"乾隆"、"嘉庆"几代皇帝的年号。对联巧妙，难怪嘉庆皇帝如获至宝。老翰林们看后，都心悦诚服，从此再也不敢小看李绍昉这位新翰林了。

半副对联千两价

郑板桥出身书香门第,家境并不富裕。他学画出名后,即靠卖画为生。郑板桥不仅书画作品风格独特,就是平时为人处事方式也与常人不同。乾隆七年(1742),郑板桥被任命为山东范县县令。在他受命赴任那天,正赶上一个风雨交加的日子。他坐在轿子里,看到前面举着"奉旨上任"牌子的老衙役行走非常吃力,便命轿夫停轿,自己下来扛着牌子开路,让老衙役坐到轿子里去。众人见后大哗,皆视其为怪人。

说他怪,确实也怪。有一天,他正在坐堂,见一干村民把一对青年男女扭送到堂前。郑板桥一看,原来是一个小和尚和一个小尼姑。经查问,原来他们违反传统私通。再查问,小和尚和小尼姑都是贫苦出身,而且是真心相爱。于是郑板桥当场拍板定案,成全他们结为正式夫妻。事后郑板桥写诗一首,有句云:"是谁勾起风流案,记取当堂郑板桥。"

乾隆十一年，郑板桥调任山东潍县。潍县七年中五年遭灾，老百姓生活非常困苦。对此情形，郑板桥责令各大户人家轮流在道边巷口支锅煮粥，周济那些无家可归的老人和孩子。在最危难的关头，他又毅然打开官仓，给老百姓放粮。他的做法和行为屡屡冒犯上司，在乾隆十七年，他以莫须有的罪名，被准"自请免官"。他身着毡衣，头带毡帽，两袖清风踏上了归途，身边只有一头毛驴驮着他简单的行装和书籍。

郑板桥的诗、书、画号称三绝，慕名前来求书求画者门庭若市，络绎不绝。扬州瘦西湖畔，有一"六安居"茶馆，由六安僧广慧经营。因广慧是外来户，无人买账，生意甚为惨淡。郑板桥在这里品尝了茶的独特风味后，顿生怜悯之心，特题一联相赠。联云：

从来名士善品水，
自古高僧爱斗茶。

广慧将对联裱好后挂在店堂当中，不久即有大批茶客闻名而来。文人雅士纷纷前来品茶赏字，那些富豪商贾也时常来聚会。从此，"六安居"生意兴隆。

有一大盐商，知道郑板桥的盛名，就想请他题写一副对联挂在大厅，借以风光一番。郑板桥知道此人是为富不仁之徒，本想赶走了之，但又一转念，何不借机嘲弄他一下?于是经人说合,以两千两银子成交,条件是先付钱后写字。但至交钱时,这个盐商心疼银子,就只拿出一千两来。郑板桥并不言语,拿起笔来,很快写好上联"饱暖富豪讲风雅",然后转身即走。盐商急忙叫道:先生只写了半副联啊!郑板桥笑道:你只付了一半的银子,当然只有半副。盐商无奈,只好又拿出一千两,郑板桥才续写出下联:"饥馑画人爱银钱。"他对盐商说:我像你们一样,爱财如命,半副对联千两价,不可少分文!

挽左宗棠联记趣

左宗棠是清同（治）光（绪）年间"出将入相"的风云人物，其"大名与曾李相参"。曾，便是曾国藩；李，就是李鸿章。光绪十年（1885），正值中法战争之时，左宗棠以大学士身份督办福建军务，驻福州，整饬海军，力主抗击法国侵略者。第二年七月，左宗棠"鞠躬尽瘁，死而后已"，病卒于福州任所，享年七十有三。其时督办幕府送的挽联是：

幕府疆圻，书生侯伯，孝廉宰辅，疏逖枢机，系中外安危者数十年，毅魄长依天左右；
湖湘中扇，闽浙戈船，沙漠轮蹄，中原羽檄，扬朝廷威德越五万里，声名远震海东西。

此联据说出自当时文人邓赓元之手，上联追述左宗棠的功名、地位，下联论及他的功业、贡献，非常贴切。

左宗棠是湖南湘阴人,字季高,亦字朴存。早年以乡村塾师为业,并以务农为职,故自号"湘上农人"。他二十岁中举人,以后却三试而不第。左宗棠最终"拜相封侯",死谥"文襄"(有《左文襄公全集》),这在清朝是十分难得的事。其时非翰林出身不得"大拜"(即入阁),亦不得谥"文"。故当左宗棠率"楚军"出征西北时,上奏朝廷欲赴京城参加会试(明、清两代,以举人试之京师曰会试,亦称"春试"、"春闱",每三年举行一次),朝廷乃破格钦授他为翰林院检讨(俗称"点翰林")。这样,左宗棠后来才获入"东阁"拜相,故挽联中有"孝廉宰辅"(明清两代称举人为"孝廉")之称。

送左宗棠的挽联中,最有趣的要算是左宗棠的厨师罗穆青的:

> 食性我能谙,白菜满园供祭馔;
> 浓阴公所荟,绿杨夹道迓灵旗。

"白菜满园供祭馔",言左宗棠生活俭朴,平日爱吃白菜,爱喝菜汤。同治十一年(1872)七月十五日,左宗棠入驻陕甘总督治所兰州。次月,即在总督衙门前开凿"饮和池",引池水入园,种了一片大白菜,并池水供兰州百姓任意"烹饪汲饮"。他还为此写了一篇很有名的《饮和池记》,文笔清新秀美,富有诗情画意,被人称为"陇中一奇"。

芨,音跋,《说文》本义草根,此处指种植;迓,音讶,义即"相迎也"。同治十二年,左宗棠为钦差大臣督办陕甘军务时,以陇东泾州(泾河上游,与陕西接壤,今名泾川县)至玉门关,修筑了一条长达三千里的宽阔大道,并于大道两旁栽植了"根不择土"、有顽强生命力的杨柳数百万株,"依依袅袅复青青,勾引春风无限情",甘肃人称之为"左公柳"。左宗棠的得力部将杨昌濬亦有呈诗云:"大将西征人未还,湖湘子弟满天山。新栽杨柳三千里,引得春风度玉关。"

左宗棠的幕僚王麓坡亦有挽联述及"左公柳":

当年拓地过乌孙,从兹春入玉门,伤心无限新栽柳;

此日陈书经白下,正待胪传金殿,放眼争看旧莠花。

张之洞的妙联佳对

张之洞在晚清的政治舞台上,可算是一个文武双全的能臣。笔者曾见过他书写的一副七言联,颇有大家风范。上联是"长松吟风晚雨细",下联是"醉手题诗淡墨斜"。上联描述了细雨中风抚高松,发出低吟晚唱之景象,下联表现作者酒醉后兴致所至挥毫题诗,墨淡笔斜其乐融融之雅趣。联语写得消闲清雅,自然拈来,甚富诗意。

其实,张之洞在对联上的才能早就有口皆碑。张之洞有个本族哥哥,叫张之万,比他大二十五岁,是道光年间的状元。有一次,张之万在慈禧太后面前夸奖张之洞,慈禧太后很感兴趣,遂道:"把他带进京来,让我瞧瞧。"当年夏天,张之万顺便将张之洞从老家直隶南皮县带到北京。慈禧太后传下谕旨:"张之万的族弟人称神童,大家可以认识认识。"这时,进来一个顽童,高不过三尺,身矮体瘦,大脑壳,尖嘴巴,两目有神,形如猿猴,脑后小辫垂至腰间。他上殿后给太后、皇上叩头。一员武将见是一个小孩子,便想奚落一下,高声说:"螃蟹浑身是甲。"张之洞见有人用对联难他,随口答道:"蜘蛛满腹经纶。"答得巧,对得妙,一语惊众。这时,皇帝也出一联:"南皮县顽童十岁。"话音刚落,张之洞应声对道:"顺天府天子万年。"众大臣齐声赞道:"真奇才也!"

入仕后,张之洞一次与友人出游。友人见牛拉一车荞麦过桥,想出个上联:

洛阳桥,桥上荞,风吹荞动桥未动。

张之洞随即说出下联:

鹦鹉洲,洲下舟,水使舟流洲不流。

有一次梁启超去江夏拜见张之洞。张之洞见他很年轻,看不起他,便想出个对联难他一下:

四水江第一,四时夏第二,先生来江夏,谁是第一谁是第二?

梁启超也不示弱,脱口答道:

三教儒在前,三才人在后,小子本儒人,不

敢在前不敢在后。

张之洞出任湖广总督之时，正逢湖南总督曾国藩七十大寿，江南各省总督及知名人士皆往祝寿。张之洞乔装成曾的门生两广总督的随从，前往贺寿。

其时，湖南总督府张灯结彩，宾客盈门。大厅中央是主宾席，各省总督就座，身后随员侍立。酒过三巡，又添一道名菜——鲈鱼。曾国藩在席间笑了笑说："老夫素羡鲈鱼美名，因得一上联，抛砖引玉，敬求下联。"曾国藩出的上联是：

鲈鱼四腮，独居江南一府。

此联一出，众人或赞叹，或微笑，或缄口旁顾。这时，又上一道河蟹。有人高声发问："小人能否一对？"曾国藩道："何人？"那人道："两广总督随员。"曾国藩道："可。"只听那随员说：

河蟹八足，横行华夏四方。

此联一出，四座皆惊。只见曾国藩避席长揖："湖广总督大人到了，未曾远迎，当面恕罪！"

梁启超集宋词联

据传,北京大学教授王力老先生书斋里挂着一副梁启超写的集宋词联语:

人在画桥西,冷香飞上诗句;
酒醒明月下,梦魂欲断苍茫。

上联上句出自向子?的《临江仙》,下句出自姜夔的《念奴娇》;下联上句出自姜夔的《玲珑四犯》,下句出自吴梦窗的《高阳台》。今天看来,这副对联之珍贵,已不是什么价值连城之类的词语所能形容的了。连城之璧是美玉,还有发现的可能;而梁启超却早已成为古人,他自然不会再写了。而他活着的时候,所写这样的联语,也并不是很多。几经战火,这种纸片玩意儿能够不变为灰烬,而保存到今天的,又有几副呢?

梁启超写这种联语,说起来还是受陈师曾先生的启发。陈享年不永，中道凋谢，当时文坛艺苑，莫不痛悼。陈生前多才多艺，绘事金石之外，又喜集宋人姜夔词为联语，以篆书书之。《花随人圣庵摭忆》记云："前人集词为联，多搞四字、八字为对偶，至多十余字。曾始专集姜白石（姜夔号白石老人）词为长短联语数十。记尝一日过予，举《扬州慢》中'波心荡冷月无声'，谓可对《琵琶仙》'春渐远汀洲自绿'否？此联后竟续成，惊彩绝艳，即任公先生后此所举者也。"所说梁启超所举陈联即：

歌扇轻约飞花，高柳垂阴，春渐远汀洲自绿；
画桡不点明镜，芳莲垂粉，波心荡冷月无声。

1923年秋，陈师曾追悼会在宣武门外江西会馆召开，展出陈的遗作，挂的就是这副对联。梁启超看了，极叹其工丽。第二年梁启超住院养病，由便以读词集联消遣，集成二三百副之多。曾在《晨报》六周年纪念特刊上发表了许多副，其前言云："去年在陈师曾追悼会会场展览他的作品，我看见一副篆书的对……今年我做这个玩意儿，可以说是受他的冲动。"

梁启超集宋词联语，最得意的一副是送诗人徐志摩的。

1924年春，印度诗哲泰戈尔到北京，由诗人徐志摩陪同专程到法源寺赏丁香。徐志摩陶醉于丁香之美，竟在树下作诗一夜。此事在当时文坛曾广为流传。梁启超得知此事后，在北海松坡图书馆集宋人词句以尺八巨宣书就大楹联一副，赠给徐志摩。联云：

临流可奈清癯，第四桥边，呼棹过环碧。
此意平生飞动，海棠影下，吹笛到天明。

这副联语，词意隽逸，风姿顾盼，共集了六个人的词句：上联出自吴梦窗的《高阳台》、姜夔的《点唇香》、陈西麓的《秋霁》，下联出自辛弃疾的《清平乐》、洪平斋的《眼儿媚》、陈简斋的《临江仙》。

梁启超的字，有浓厚的书卷气，端庄妩媚，使人爱不释手。梁启超在日本时，恭楷诗稿寄给其师康有为，康有为在诗稿上批云："何不学龙藏寺。"康有为主张写"碑"，不主张写"帖"，因梁启超笔势，教其写隋碑，所以梁启超书法得力于此。当时北京南纸店伙计都会裁纸打格子。雪白的玉版宣、夹贡宣，又厚实，又细腻，伙计裁成对张，再按照十七个字、十五个字等，打好鲜红的朱丝格。纸色雪白，朱丝鲜红，墨色黑亮，图章古拙，再加词句、书法，浑然一体，构成足以代表中华数千年文化精粹的艺术精品。

红学家俞平伯见到此联，欣赏之余曾题七绝一首："金针飞渡初无迹，寄与情遥绝妙辞。想见诗人英隽态，丁香如雪夜阑时。"

此联徐志摩生前十分珍视。徐于1931年飞机失事遇难后,此联便由他的妻子陆小曼珍藏。据说,陆小曼女士在1965年临终之际,把此联赠给与徐志摩有戚谊的著名古建筑学家陈从周先生。陈先生认为此联属珍品,即请叶圣陶先生重书,将原件捐赠给徐志摩先生故乡的浙江博物馆收藏。

孙中山妙联应对张之洞

孙中山早年随兄长孙眉在檀香山上学,受西方文明和资产阶级民主革命思想影响,思想开放,不拘封建礼教。孙眉见孙中山性格难羁,只得将他送回国交父母管教。不久,孙中山又转到香港读书。读书期间孙中山认识到,由于清政府的腐败无能,中华民族饱受耻辱和灾难,要想富强,就必须改革腐朽落后的封建制度。

孙中山早期曾幻想过清政府能像西方某些资本主义国家一样,实行自上而下的改革,施行君主立宪制。当时,任湖广总督的张之洞推行了一些新政,如开办新学堂、建设汉阳兵工厂等。孙中山在海外闻听,对张之洞甚为仰慕,认为他可能是一位改革人物。一次,孙中山从海外回来,途经武昌时,特地到湖广总督府衙门求见这位总督。

孙中山来到总督衙门,自称是刚从海外归来的学者,并把一张上书"孙文求见之洞兄"的帖子递给门官。门官看罢名片,一时弄不清孙中山与张之洞的关系,便把名片送了进去。张之洞接过名片一看,求见者自称学者,无任何头衔,而且不知天高地厚与自己称兄道弟,心中大为不悦,把帖子扔在一旁。张之洞想了想,不妨奚落一下来访者,于是又把帖子拿起来,提笔在帖子背面写道:"持三字帖,见一品官,儒生妄敢称兄道弟。"然后让门官退还求见者。

孙中山在门外等了很久,门官出来把帖子给了他。他接过帖子一看,心想,张之洞嫌我是布衣平民,对他不恭,故意怠慢我,把我拒之门外。本想愤而离去,不再见这种势利小人,又一想,大丈夫能屈能伸,何不回敬他一副下联。略加思索,向门官借来纸笔,写道:"行千里路,读万卷书,布衣亦可封王作侯。"写罢交给门官又传了进去。

张之洞傲慢地接过帖子,看过之后大吃一惊。心想,此人才思敏捷,行文不俗,而且文字中透出一股轩昂高雅之气,一定胸怀大略,学问高深,日后必定大有作为。于是,立刻吩咐门官以礼请进。

孙中山昂首阔步进了总督府。张之洞以贵宾之礼相待。孙中山仪表堂堂,见多识广,侃侃而谈,畅叙了欧美各国的富强之路和资产阶级民主革命的经验。张之洞对孙中山的远见卓识十分钦佩,于是也大谈其兴邦安国之道,但是他实行的新政是极其有限的,他不敢也不可能触犯清政府的根本利益,不是彻底的改革派。所以,孙中山对张之洞的仰慕之情也逐渐消失,最后失望地离开总督府。

毛泽东的楹联

毛泽东自幼受中国传统文化的熏陶，青少年时期就能熟练作出工整巧妙的楹联。

1903年毛泽东十岁整。由于他经常带领同学下水游泳，遭到老师的处罚。这位老师的处罚可谓别出心裁，在黑板上写了"濯足"二字，让毛泽东对出下两个字。毛泽东从容不迫走上讲台，用力写下"修身"两个大字。老师大吃一惊，瞪大眼睛一时哑口无言，继而点头微笑，赞叹不已。

《礼记·大学》中说："古之欲明德于天下者，先治其国；欲治其国者，先齐其家；欲齐其家者，先修其身。"纵观历史上的伟大人物，在治国之前，皆有刻苦修身的阶段。毛泽东能当场对出"修身"二字，反映出他超人的境界。

青年时代的毛泽东，一面大量读书，一面深入社会进行调查，探求救国救民的道路。1917年夏天，趁长沙第一师范学校放假之机，毛泽东与好友萧子升到安化县游学,作农村调查。安化县有位社会名流夏默安,毕业于前清两湖学院,任县劝学所所长。此人在当地颇具声望,毛泽东两次进谒,均遭拒绝。毛泽东再一次登门虚心求教,夏默安思忖再三,想一试其才,便在书房随意写出上联以求对:

绿杨枝上鸟声声,春到也,春去也?

毛泽东略一思索,即琅琅对出:

青草池中蛙句句,为公乎,为私乎?

夏默安连声称好,自愧弗如。

毛泽东的同学萧三有一本《世界英雄豪杰》,毛泽东很想借阅。萧三狡黠一笑,说要毛对出对联方能借阅,否则免谈。萧出的上联是:

目旁是贵,眼不会识贵人;

毛泽东想也不想,张嘴答道:

门内有才,闭门岂能纳才子。

对得珠联璧合，饶有兴味。萧三赶忙履约，把书借给了毛泽东。

1919年10月，毛泽东的母亲病危。当毛泽东星夜赶回家，老人已入棺两天。入夜，毛泽东守在灵旁，回忆童年往事，肝肠寸断。他席地而坐，写下悲怆的《祭母文》。随后，又写下挽联两副，深表对母亲的思念。

其一是：

疾革尚呼儿，无限关怀，万端遗恨皆须补；
长生新学佛，不能住世，一掬慈容何处寻！

其二是：

春风南岸留晖远，
秋雨韶山洒泪多。

鲁迅题联万千情

鲁迅一生著述颇丰，对楹联也很有研究，造诣极深。鲁迅在北洋政府教育部供职时，住所几次变动，后来住在北京阜成门内西三条胡同（即今鲁迅纪念馆）。在俗称"老虎尾巴"的书房兼会客室墙壁上，鲁迅集屈原《离骚》句书写成一副对联：

望崦嵫而勿迫，
恐鹈鴂之先鸣。

鲁迅集的上联是说，希望太阳不要急忙落下山去，表现了对事业只争朝夕的精神。下联"恐？？之先鸣"是说，要珍惜春光，不要等春天过去了，后悔已迟矣。这副对联的上下联，是一个意思，都是鲁迅先生警醒自己，要爱惜光阴，抓紧时间读书，抓紧时间做事，莫等闲白了少年头。

1927年10月,鲁迅从广州迁居上海,两年后与瞿秋白交往密切。瞿秋白常常住在他家,二人朝夕相处。那时,瞿秋白已经不再担任中国共产党总书记职务,而是秘密潜住上海养病。这期间,瞿秋白写了著名的《鲁迅杂感选集序言》,对鲁迅杂文给予很高的评价。有趣的是,瞿秋白此时还写了几篇杂文,竟以鲁迅的笔名发表(现在已收在了《鲁迅全集》中),可见两人关系非同一般。鲁迅非常看重他与瞿秋白之间的友谊,他从清人何瓦琴的楔帖中摘录出两句,集成一副对联:

人生得一知己足矣,
斯世当以同怀视之。

鲁迅把瞿秋白引为人生"知己",并且觉得有这样一个知己此生足矣。鲁迅亲自动手研墨作书,赠给瞿秋白,瞿秋白高兴地笑纳了。

近年来,有些报刊载文提到这副对联时,常常说是瞿秋白题赠鲁迅的,其实是鲁迅题赠瞿秋白的。

1932年12月5日晚,郁达夫、王映霞夫妇邀请鲁迅在上海聚丰园进餐,同席的还有柳亚子夫妇、林徽音等人。席间宾主谈笑风生,语多谐趣。席散时,郁达夫特意取出素绢一幅,请来宾题词留念。鲁迅欣然命笔,写下刚构思好的一副对联:

> 横眉冷对千夫指,
> 俯首甘为孺子牛。

12日,鲁迅在此两句的基础上续成七律一首,书成条幅,赠予柳亚子。后来,鲁迅为日本杉木勇乘题写扇面,亦录此诗。此联由此广为传诵。

"横眉"一联,系化用清代江苏阳湖(今常州)秀才钱季重柱帖,故在赠柳亚子诗的跋语中有"偷得半句"之词。

钱季重为当时狂士,"饮酒使气,有不可一世之概"。他不让三个儿子读书,还十分娇惯溺爱他们,"饭后即引与嬉戏,唯恐不当其意"。如此轻狂的心境鲜明地反映在他写的柱帖中:

> 酒酣或化庄生蝶,
> 饭饱甘为孺子牛。

鲁迅之联与钱季重之联相比,有相似之处,但有根本的区别。钱联为虚无主义狂士之语,鲁联为清醒现实主义之言;钱联为恣意溺爱三子之句,鲁联为甘心献身人民大众之声。"孺子牛"之典在此发生了质的变化,钱联只道其私爱,鲁联则兼述伟大之爱。

1946年,在上海纪念鲁迅逝世十周年的会上,郭沫若与周恩来先后发表讲话，两人均引用了鲁迅的这则联语。郭沫若把"冷对"误为"忍对"，周恩来把"冷对"误为"怒向"（周身旁坐的叶圣陶亦以为然）。鲁迅1931年2月写的《为了忘却的记念》中有七律一首，其中有"忍看朋辈成新鬼，怒向刀丛觅小诗"两句，郭取上句之"忍"，周取下句之"怒向"。事后，郭与周两位议及此事，认为他们的误记却无意中阐发了鲁迅革命精神的一个方面，即"冷"的这一方面。

1948年，郭沫若到香港。有一天，郭沫若与茅盾等人谈及鲁迅这副对联，表示愿向他学习"甘为孺子牛"的精神，"愿做这头牛的尾巴，为人民服务的尾巴"。茅盾一听此语，含笑表示愿做"牛尾巴"上的"毛"："它可以帮助牛把吸血的大头苍蝇和蚊子扫掉。"

著名画家徐悲鸿极喜爱鲁迅这副对联。1944年，他与朱自清拒绝接受美援面粉，不止一次地告诫学生："人贵有骨气。"并敬书鲁迅此联高悬于墙以自励。

1953年12月，全国美协、中央美术学院联合举办徐悲鸿遗作展览，周恩来总理亲临参观。徐悲鸿遗像两侧正是他生前所书的鲁迅的这副对联。周总理在肃穆的气氛中指着这副对联，满怀深情地对徐夫人廖静文说："徐悲鸿便有这种精神。"周恩来还嘱咐出版《徐悲鸿画集》时，要将这副对联印在画集扉页上。

胡适题联海泉居

胡适,字适之,安徽人。曾参加过"五四"新文化运动,积极倡导文学革命。他和陈独秀、刘半农、钱玄同是文学知友,号称《新青年》四枝人笔。

30年代初,北京大学东门北侧有一家四川饭馆"海泉居",身为北大文学院院长的胡适曾多次来此就餐。店主格外殷勤的招待,给胡适留下了深刻的印象。有一天,胡适又到此店,店主请胡适题副对联,胡适欣然应允,沉思片刻即下笔:

学术文章,天下咸称北大棒;
烹调技术,大家都说海泉成。

联中除"咸"字外,皆为通俗易懂的白话,尤其"棒"、"成"二字,颇具地方色彩。北京人形容某物或某人好时常说"特棒",称可以时常说"成"、"真成"。胡适有意地将"海泉居"饭馆与北京大学相提并论,无形中提高了海泉居饭馆的身价。胡适这副对联是在他精神饱满、全神倾注下挥毫泼墨而成的,字体十分精彩,北京大学的学生和过往行人,到此常驻足欣赏他的墨宝。

写字最容易泄露一个人的个性,所谓"字如其人",大抵不诬。如果每个字都方方正正,其人大概拘谨;如果字长胳臂长腿的都逸出格外,那么此人可能豪放;字瘦如柴,其人两肋状如排骨;字如墨猪,其人必然肥胖。郑板桥的字那样的古怪,正和他那吃狗肉傲公卿的气概相称;颜鲁公的字那样端庄凝重,也和他临难不苟的品格相合。胡适这副对联写得舒展开朗,气势夺人,用笔多变,内涵丰富,给人一种率真的感觉,很有新意,一笔一墨都熔铸着学贯古今、名闻中外的博大精神。

自从胡适为"海泉居"题联以后,来该馆就餐的人骤然增多,生意大为兴隆。

章太炎妙语成联

章太炎为人书写对联,常是信手拈来,自然成趣。其集唐宋诗句,亦似天成;而嘲弄别人的联语,则尽嬉笑怒骂之能事。

曹亚伯尝以所作《民国开创史》就正于章太炎,章太炎说:"稍后当好为撰句以应。"但曹索甚急。章太炎说:"那只好以杜句移植相赠。"就写了"英雄割据虽已矣,文采风流今尚存"一联相赠,见者无不叹赏其工切。

辛亥革命后南北议和,伍廷芳任其事,颇费周折,久无成议。伍心劳力拙,须发为白,后病笃,遗言火葬。章太炎赠挽联曰:

一夜白须髭,多亏东皋公救难;
片时灰骸骨,不用西门庆花钱。

上联以伍子胥寓武廷芳为国事熬白头;下联言武大郎,

与伍廷芳之姓同音也。其用典似随手拈来,且语义双关,寓意颇深。

章太炎还曾以康有为名字集句嵌字作歇后联,曰:

> 国家将亡必有,
> 老而不死是为。

其憎恶康有为保皇之情溢于言表。

北洋政府时屡任总长的王正廷,字儒堂,奉耶稣教,后为张学良推荐,在南京政府一度任外交部长。章太炎为联曰:

> 正廷屡受伪廷命,
> 儒堂本是教堂人。

王正廷知后,啼笑皆非。

章太炎于民国初年曾被袁世凯羁于北京钱粮胡同。他曾召集寓中全体仆役,颁布家规,内有:

> 一、仆役对本主人须称大人,对来宾亦须称大人或者老爷,不许称先生;二、逢阴历初一、十五,须一律向主人行一跪三叩首礼;三、每日早晚必向主人请安;四、在外见我须垂手鹤立;

五、有人来访，无论何事，必须回明定夺，不得擅自拦阻；六、如敢违犯，轻则罚跪，重则罚钱。你们能终遵者留，否则去。

据说，章太炎的仆役均是袁世凯派来的密探，所以章才故意这样侮弄他们。

黎元洪入京时，章太炎改唐诗讥之：

> 西望瑶池见太后（黎入京谒隆裕太后），
> 南来晦气满民关。
> 云移鹭尾开军帽，
> 日绕猴头识圣颜。
> 一卧瀛台经岁暮，
> 几回请客劝西餐。

袁世凯辈对章太炎既惮且怒，于是以筹边专使名义把他远远地打发到东北去了。章一介书生，在东北做不出什么成绩，遂于民国二年（1913）回到上海。那时，章太炎已经四十四岁，中年丧偶，生活无人照料，遂在京沪几家报纸上刊登求婚广告。广告内容很简单，只对"对象"提出三点要求：一、要有文化知识，能写清通顺达的短文章；二、要出身于大家之门；三、没有不良习染，性格顺从。章的征婚启事，在中国当然是具有开创性的。

后来,还是由蔡元培做"红娘",章与汤国黎女士结良缘。民国二年六月十五日婚礼在上海哈同花园举行,各界要人与知名人士云集一堂,真是一时盛事。证婚人为蔡元培先生,证婚词却是由章自撰。词中有云:

> 盖闻梁鸿择配,
> 唯有孟贤;
> 韩姞相攸,
> 莫如韩乐;
> 泰山之竹,
> 结箨在乎山阿;
> 南国之桃,
> 蕡实美其家室。
> ……
> 卷耳易得,
> 官人不外乎周行;
> 松柏后凋,
> 贞干无移于寒岁。

国学大师连结婚也是文绉绉、酸溜溜的。

婚宴上,觥筹交错,宾客们要求新人即席赋诗,以志盛事,而且以二十分钟为时限。章太炎即席赋诗一首:

> 吾生虽稊米,
> 亦知天地宽。
> 振衣陟高岗,
> 招君云之端。

诗中把自己比作像稊草一样的小草,却把汤女士视为天人,深获宾客尤其女宾的赞赏。汤国黎女士则录其旧作一首,题为《隐居诗》:

> 生来淡泊习蓬门,
> 书剑携将隐小村。
> 留有形骸随遇适,
> 更无怀抱向人喧。
> 消磨壮志余肝胆,
> 谢绝尘缘慰梦魂。
> 回首旧游烦恼地,
> 可怜儿辈尚争存。

意境高远脱俗,淡泊飘逸,不失大家风范。而且汤女士当场对客挥毫,写毕在来客中传看,引来众口一词的赞美。不过,章、汤二人结婚后,夫唱妇随,汤女士"隐居"不成了。

章太炎在苏州病故后,钱玄同除与在京同门以"先师梦奠，惨痛何极"发电致唁外，并挽以长联：

> 缵苍永宁人太冲姜斋之遗绪而革命，
> 萃庄生荀卿子长叔重之道术于一身。

足见对太炎先生推崇备至矣。

郁达夫虎豹别墅题联

虎豹别墅,为著名华侨实业家胡文虎、胡文豹兄弟所建,别墅以胡氏兄弟的名字命名。胡氏兄弟祖籍福建永定县,早年在缅甸仰光经营"永安堂"中药店,因创制"虎标万金油"而成巨富。又创星系报业,被誉为"报业大王"。胡氏兄弟致富后不忘回报社会,先后建成三座虎豹别墅,新加坡的虎豹别墅为其中之一。

1938年底,现代著名作家郁达夫被迫客居南洋,曾应邀任新加坡《星洲日报》文艺副刊编辑。郁达夫尝为虎豹别墅题联三副,题挹翠亭曰:

爽气自西来,放眼得十三湾烟景;
中原劳北望,从头溯九万里鹏程。

上联描绘游虎豹别墅的感觉及观赏到的美景。"爽气",谓别墅内给人以"清爽"的感觉,表现其境界美。"十三湾",在新加坡马六峡处,风景优美。"烟景",春天的美景。"放眼",点明别墅为赏景佳处,四季如春,令人赏心悦目。

下联抒发眷念故国之情,并表达美好的祝福。"中原",此指中国。一个"劳"字,蕴藉眷念故国之情深挚恳切。"鹏程",庄子《逍遥游》谓鲲鹏"扶摇而上九万里",比喻前途远大。联语用典,寓祖国有朝一日再振雄风之意。联语开阔豪放,清健质朴。

别墅曲径旁有一石牌楼,上有郁达夫的两副题联,其一曰:

家学宗风承上蔡,
山居树石拟平泉。

上联强调继承优良中华民族传统。"家学",家族世代相传之学,此指民族文化。"宗风",某一派独有的风格,此指民族习俗、风尚。"上蔡",地名,属河南省。周代为蔡国,汉置县,属汝南郡。相传侨居南洋的客家人均因战乱来自河南、江西、广东诸省,故用"上蔡"指代。联语蕴涵称道广大华侨继承了好学上进、艰苦创业的优良传统之意。

下联说明虎豹别墅的建筑风格。"山居",山中的住所,此指虎豹别墅依山构建。"树石",借指营造别墅的各种材料。"平泉",指唐代李德裕建于河南洛阳的平泉庄,又称"德裕别墅"。"拟平泉",谓虎豹别墅仿效中原古迹平泉庄的建筑风格,隐含海外侨胞爱国爱乡深情。

其二曰:

> 山静白云闲,辉耀一楼花影;
> 澜澄沧海晓,望迷万顷烟波。

上联描绘虎豹别墅的优美环境。青山幽静,白云悠悠,表现环境的静穆美。"辉耀一楼花影",展现光与影的协调美,有朱自清散文《荷塘月色》所描绘的"光与影有着和谐的旋律,如梵婀玲上奏着的名曲"之韵味。

下联描绘清晨远眺所见大海景观。"澜澄",波涛清澈,为近景。"烟波",水汽茫茫的海面,为远景。联中以近衬远,托出大海的朦胧美。此联说明虎豹别墅给游人带来的美的享受。上下联所描绘的景观各具特色,交相辉映。

叶圣陶为车夫撰春联

抗日战争时期,叶圣陶曾任四川省立教育科学馆专门委员,住在成都新西门外。他每次出城或回家,都乘坐被当地人叫作"鸡公车"的人力车,逐渐和那些车夫都熟识了。车夫老俞很会招揽顾客,叶圣陶十有八九都坐他的车。

老俞乐观爽朗,边推车边摆龙门阵。他告诉叶圣陶,自己曾当过兵,租种过庄稼,因无法糊口,才把田退了,和小儿子各推一辆"鸡公车"谋生。他的大儿子在前方打日本鬼子,由二等兵升了排长……这种不受拘束的交谈,使叶圣陶对社会底层有了更多的了解,名作家和车夫之间也有了感情上的交流。

不久,老俞遭遇了飞来横祸:小儿子不幸得急症不治身亡。老车夫一改往日的谈笑风生,步履艰难默默地推着车。走着走着,他突然开口:"叶先生,世上有没有因果报应?"叶圣陶怕他伤心,不便多作解释,便含糊其词地答道:"有人说有的,我也不大清楚。"他又说:"真的有吗?

我自己摸摸良心，没占过人家的便宜，连小鸡儿也没踩死过一个，老天爷为什么处罚我这样凶啊！"叶圣陶心里一怔，觉得这朴素的话与《史记·伯夷列传》中"天之报施善人其何如哉"的感慨何其相似！再看老俞那一副痛心疾首的伤心样子，便赶忙接上话头："你把儿子埋了？"老俞说："埋了。哎，原来指望攒些本钱改行做小买卖，这下儿子死了，养的猪又搭上买棺材了，往后只剩独个儿推车，推到死！"说着说着，抑制不住老泪纵横。

这时候，叶圣陶蓦然想起，自己和老俞是同年生，都是五十岁，心头不禁一阵酸楚，便岔开话题，问他的大儿子最近有没有信来，老俞说："有，有。我回复他，俞家只剩你一个了，但打仗要紧，不能马上回来，等把东洋鬼子赶出去了，你就赶紧回家吧。"叶圣陶说："你是明白人！"老俞见叶先生夸奖他，渐渐恢复了常态，又自豪地谈起大儿子在前线如何英勇杀敌、立功受奖，似乎忘记了丧子的痛苦，脚步也轻快多了。

新年将近，老俞请叶圣陶替他拟一副春联，并说要由自己亲手书写，来冲冲晦气。叶圣陶在颠簸的小车上精心构思，一路吟哦而成一副春联：

有子荷戈庶无愧，
为人推毂亦复佳。

春节过后,一次老俞兴冲冲地对叶圣陶说:"叶先生,你编的春联,私塾先生仔细讲给我听了。对联上写的就是我心里要说的话:儿子上前线抗日,对得起国家;我推'鸡公车'换饭吃,比哪一行都不差。是不是这个意思?"叶圣陶点头称是。

俄国作家契诃夫的短篇小说《苦恼》,写马车夫姚纳死了儿子后,先后向几个乘客诉说内心苦痛,但无人理睬,最后只好向那匹相依为命的老马倾诉。老俞比他幸运,遇上了富有同情心的叶圣陶。在契诃夫和叶圣陶身上,都体现了作家的人道主义精神。

张大千丹青妙手写佳联

张大千是蜚声中外的画家,也是书写对联的高手。

人禀山海气,书通南北朝。

这副对联大气磅礴,对仗工整,是他于1922年二十四岁时在写生途中有感而发的。

张大千曾写有一联:"懒思身外无穷事,读得人间未见书。"意为排除身边无聊的干扰,就会心胸开阔。这是他熟读宋人蓝奎的诗句有感而写成的。1941年,他曾撰赠甘肃学者范禹勤先生一联:"稍闻吉语占农事,欲遣吟人对好山。"范禹勤先生收到对联后甚感惊奇,连声道:"妙极!妙极!"1946年,张大千从北平回到重庆后,又为张善子的女婿晏伟聪撰写一联:"学业日唯不足,精神养则有余。"晏伟聪赞叹不已。

1964年11月,国民党元老于右任在台湾不幸逝世,张大千当时在巴西，闻讯后潸然泪下，特写一挽联：

> 四海一髯，伤心系天下；
> 九州万劫，无泪哭天下。

于右任与张大千在20年代即相识，友谊深厚，晚年在台湾时二人常以诗联酬赠唱和。联中的"一髯"指于右任，于长期蓄须，素以"髯翁"自称。"伤心系天下"，颂扬于右任长期以拯救祖国危亡为己任。

> 聊复尔耳，
> 可以已乎？

这一联是1937年冬张大千在美国克弥尔城的新居——环碧庵内的"聊可亭"题写的。此联的形成，说来很有意思。这两句联原是张大千与妻子在建亭时的对话，最后采用两句句首字名亭，可谓妙趣横生。这一年的除夕，张大千为环碧庵新居亲书春联一副：

> 风景不殊，百本梅花为老伴；
> 日月其稔，三杯竹叶祝新年。

上联是说，这里的风景没有什么特殊之处，不过是百树梅花与我这老人做伴。这句是援引晋人王导集会于新亭时周?的话变意而成的。周?的原话是:"风景不殊,举目有山河之异……"下联是说,时间过得很快,转眼又是一年,我在这里只好以三杯竹叶青酒迎接新年了。

70年代,张大千在美国西海岸散步时,偶见一块巨石,酷爱其形状,便雇人运到住处,后来又出巨资运到台湾的摩耶精舍中,并取名"梅丘",寓含"归正首丘"之意。他又模仿苏东坡为奇石题诗的故事,为"梅丘"题联,并让人刻于石上。联曰:

独自成千古,
悠然寄一丘。

马寅初的寿联

在北京东总布胡同马寅初的寓所里,珍藏着一副对联。它是1941年3月周恩来、董必武和邓颖超在重庆为祝贺马寅初六十寿辰而书赠给马老的。这副对联裱糊在两条七尺长、一尺五寸宽的挂轴上,宣纸徽墨,古朴庄重。对联上那遒劲而工整的楷书字,赫然醒目,颇有气势。上面写道:

桃李增华坐帐无鹤,
琴书做伴支床有龟。

上款:"寅初先生六秩大庆",下款并列"周恩来、董必武、邓颖超鞠躬敬祝"。

这副对联最初悬挂在重庆大学商学院师生为庆贺马寅初六十大寿而召开的祝寿会的寿堂上。当时,抗日战争正处在艰苦的相持阶段。由于马寅初猛烈抨击国民党政府出卖民族利益的行径和实行法西斯独裁统治，痛斥四大家族发国难财，在1940年12月8日遭到逮捕，被投入了专门关押"政治犯"的贵州息烽集中营。国民党政府的这一无耻行径，激起了国统区人民群众和爱国民主人士的极大愤慨。翌年3月30日，重大商学院师生为他们的老院长召开了隆重的祝寿会，这既是对身陷囹圄的马寅初的声援和营救，又是对国民党政府践踏民主、实行法西斯独裁统治的揭露和抗议。

周恩来、董必武和邓颖超作为中国共产党驻重庆办事处的代表，赠送了这副祝寿对联，表达了中国共产党对民主斗士马寅初的尊敬和关怀，也体现了中国共产党对整个国统区内爱国民主运动的坚决支持和热烈赞许。

这副对联言简意赅，寓意深刻。它用相传皆有千年之寿的"鹤"与"龟"来祝贺马老健康长寿。上联的"桃李增华"，盛赞了马老在国难当头之际不为官禄所动，以大义凛然的爱国举动教育青年学生关心民族兴亡、努力为国增辉的事迹；"坐帐无鹤"则表达了广大师生和人民群众对马老的深情怀念与牵挂。下联的"琴书做伴"，既是对马老狱中清苦生活的描述，又是对马老那种宁为玉碎、不为瓦全的崇高气节和刚正不阿的品格的称颂；而"支床有龟"（谐音"归"）则表达了人民群众期待马老早日被释放出狱、重新获得自由的强烈愿望和对爱国民主运动必胜的信心。

重大商学院召开的这次祝寿大会，有数百名师生和来宾参加，马寅初的夫人和子女也出席了大会。他们冲破国民党当局的阻挠和破坏，把祝寿会开成了一个示威大会。

会后，周恩来、董必武和邓颖超赠送的这副对联被转送到重庆近郊歌乐山马寅初的家中。马寅初当时正在狱中受难，所以未能看到这副对联。直到1942年8月，当局被迫把马寅初押回重庆，软禁在歌乐山马寅初家中的时候，马寅初才第一次看到这副对联。经此，马寅初从感情上更加亲近中国共产党了。

华罗庚妙对惊人

我国著名数学家华罗庚，其学术成就举世闻名。而他是作对联的高手，却鲜为人知。

1953年，中国科学院组织出国考察团，由著名科学家钱三强任团长，团员有华罗庚、赵九章等十多位科学家。途中闲暇无事，科学家们自然要谈天说地，论古道今，纵谈科学史上的是非得失。科学家们从春秋战国时期的百家争鸣、七强并起、五雄争霸、秦一统天下，一直谈到自秦汉以来科学技术、历法、算经的发展。华罗庚是研究数学的，自然对数学最感兴趣。团长钱三强的名字，使他联想到韩、赵、魏三个诸侯强国的兴起，心中形成一则上联。他对同伴们说："我有一则上联，请诸位续对如何？"联对自古以来是文人趣事，大家十分高兴。于是，华罗庚出了一则上联：

三强韩赵魏。

韩国开国君主韩景侯（名虔），是春秋晋国大夫韩武子的后代；赵国开国君主赵烈侯（名籍），是春秋晋国大夫赵衰的后代；魏国开国君主魏文侯（名斯），是春秋晋国大夫毕万的后代。韩、赵、魏三家一起瓜分了晋国，公元前403年，周天子威烈王承认他们为诸侯王。他们进行改革，推行新政，励精图治，成为战国初期的强国，与齐国、楚国、燕国、秦国并称为"战国七雄"。华罗庚的上联，既指韩、赵、魏三个同时兴起的强国，又包含了代表团团长钱三强的名字，十分高妙。这就要求下联，既要解决数字联的传统困难，又必须嵌入另一位科学家的名字。诸位科学家大伤脑筋，不知所对。

众人七嘴八舌议论了一番，无人想出对仗工整之句。后来，著名大气物理学家赵九章笑着说："看来我们缺乏文学头脑，词穷难以应对，还得请华老自续下联。"赵九章的发言，为华罗庚带来灵感，他想起了古籍《九章算术》。"九章"是算经十书中最重要的一种，它系统地总结了我国自先秦到东汉初年的数学成就，首次记载了我国古代数学家发现的"勾股弦定理"。于是，华罗庚续出下联：

九章勾股弦。

"九章"对"三强"，"勾股弦"对"韩赵魏"，工整贴切，又嵌入了赵九章的名字，真是工对之极，堪称妙联，大家齐声叫好。

钱三强对华罗庚的妙联十分赞赏,因嵌入自己的名字,便很谦虚地说:"韩、赵、魏是春秋末期新兴力量的代表,推行改革促进发展,成为战国初期的三个强国,称雄一方。我钱三强何德何才,怎敢与韩、赵、魏相联系。"赵九章也说:"《九章》是古代名著,勾、股、弦具有世界意义,我赵九章岂敢与之并提,还是请华老另择佳句。"大家异口同声地说:"华老佳联可赞,三强、九章当之无愧!"科学家们说说笑笑,为寂寞的旅途生活增添了乐趣。

蔡锷征联应对

1915年12月,袁世凯在美、日等帝国主义支持下,公然宣布恢复君主制度,自称"中华帝国皇帝",改民国五年为洪宪元年,还演出了一场"登基"的丑剧。袁世凯这种倒行逆施的做法,激起了全国人民的无比愤慨。12月25日,在蔡锷、唐继尧和李烈钧等人的推动下,云南举行起义,反对帝制,宣布独立。1916年1月,蔡锷将军亲率护国军第一军主力北上讨袁,从云南经贵州黔西、毕节,向川南挺进,揭开了护国运动的序幕。2月初,蔡锷率部抵达川南门户叙永县城,叙永人民箪食壶浆夹道迎接。总部一行遂驻节忠烈宫,并将司令部设于此。

一日,蔡锷在忠烈宫内宴请社会各界贤达名流,酒至半酣,他即席口述一上联,征询下联。上联云:

或在園中,逐去老袁還我國。

这是个拆字联，又是个置换联，语义双关。从文字上看，把"园"里面"袁"去掉，换上"或"字，就成了"国"字。这个上联的实际意思是，打倒袁世凯，恢复中华民国！

席中乡贤刘斗山当即应声对曰：

蓳邻柱侧，取消君主复民權。

下联也是个拆字置换联，语义双关。从文字上看，"柱"字去掉"主"，换上"？"字，就成了"权"字。这个下联的实际意思是，推翻袁世凯的帝制，恢复民权。

刘斗山妙句巧对，工整贴切，蔡锷将军十分赞赏，抱拳曰："兄弟适才名为求对，实则求贤。斗山先生既具文章功力，又富革命精神，可敬！可敬！"蔡锷当众宣布聘任刘斗山为行辕秘书。众人无不点头称赞。

不久，有人按照上联的格式也对了个下联：

余临道上，不堪回首问前途。

这个下联也是个拆字置换联。从文字上看，"道"字去掉"首"，换上"余"字，就成了"途"字。这个下联的实际意思是：我站在走过的路上，回想起袁世凯干的坏事，真让人气得难忍，至于国家的前途，更叫人不敢想。

下联流露出人们对国家命运的担心和忧虑。

  蔡锷将军这一征联应对的故事,至今仍在川南一带广为流传。

杨度撰挽联

杨度在清末民初特别是在袁世凯执政期间,可算得上一位风云人物。他在清末主张君主立宪,以四品京堂入仕。后又充当袁世凯的谋士,极力"筹安劝进"。而在晚年却居然参加中国共产党。他的一生起伏跌宕,曲折多变,富有戏剧性。

杨度年轻时从学王运,自诩在乃师门墙中独得其"帝王之学"。所谓帝王之学,即古之策士纵横捭阖之术,物色非常之人,辅立非常之功成帝业,以布衣取卿相。这很可能是杨度后来成为帝制祸首的思想根源之一吧?也正因为杨度热衷此道,所以他不屑于诗词文赋。偶有所作倒也能表达他的真感情。

1916年,蔡锷发起护国之役,但大功告成之日,亦是他病入膏肓之时。黄兴先于10月31日病逝于上海,不过旬日,蔡锷亦于11月8日病逝于日本。在北京中央公园举行黄、蔡二将军追悼会上,杨度曾为二人写挽联以志哀切之情。挽黄联曰：

> 公谊不妨私，平日政见分驰，肝胆至今推挚友；
> 一身能敌万，可惜霸才无命，死生从古困英雄。

挽蔡联曰：

> 魂魄异乡归，如今豪杰为神，万里江山空雨泣；
> 东南民力尽，太息疮痍满目，当时成败已沧桑。

杨与二人都有旧谊，但从挽联上看，推黄为挚友，对蔡则话中有话，显有厚薄之分。杨度早年留学日本时与黄兴友善，后来政见不同，但私谊未断。蔡锷与他同为梁启超弟子，袁世凯称帝前将蔡锷兵权解去调至京师，隐有杀机。杨度为之周旋，力荐蔡为登基效劳。蔡锷表面应承，暗地里却策划护法讨袁，使杨度在袁世凯面前无以自解。难怪蔡锷死去他仍耿耿于怀。

袁世凯临死前，遗言唯三字："他误我。"有人认为"他"系指杨度。杨度作挽联悼袁曰：

> 共和误中国，中国误共和，千载而还，再评此狱；
> 君宪负明公，明公负君宪，九原可作，三复

斯言。

挽联自陈他未负袁,而是袁自误自。杨度一向不容别人指其过失,后来他却幡然悔悟。1925年孙中山逝于北京,杨度大恸,作挽联悼曰:

> 英雄做事无他,只坚忍一心,能全世界能全我;
> 自古成功有几,正疮痍满目,半哭苍生半哭公。

上联只提"坚忍"二字,固未必能成大事业,下联可见他颇有忧国忧民之心。原来孙中山在东京曾劝杨入同盟会,杨谢绝,而将黄兴介绍与孙结识。袁世凯死后,他痛定思痛曾专程赴上海约会孙中山,表示要参加国民革命。正要一展抱负,孙中山却不幸在北京逝世,他岂能不哭耶?

于右任撰联

于右任是辛亥革命的元勋,又是饮誉中外的书法大家、诗人。于右任亦擅撰联。

1925年3月12日,孙中山因肝癌逝于北京,各方所送的挽联不计其数。其中最具特色的一副,就是于右任亲笔撰写的:

> 综四十年胼手胝足之功,真是为生民立命,为天地立心,历程中挥让征诛,视同尘土;
> 流九万里志士劳民之泪,始知其来也有由,其生也有自,瞑目后精神肝胆,犹照人间!

孙中山言:"余致力国民革命,凡四十年。"在这段革命历程中,既有征诛(各次起义),也有"挥让"(让位给袁世凯)。此联最能表达孙中山的大公无私精神,字好、语佳,堪称大手笔。

于右任还曾为函谷关题过一联,亦十分生动有趣。联云:

> 送千年客去,
> 移一个关来。

函谷关有两个:一个在今河南省灵宝县西南,战国时秦置。因关在谷中,深险如函得名。另一个在今河南省新安县东,汉武帝时设置,距故关三百里。于右任为之题联的就是新安的函谷关,它是雄才大略、威名显赫的汉武帝刘彻从秦关"移"来的。此联巧妙地运用了发生在函谷关的传说和奇闻轶事,从而衬托出了函谷关的雄伟、古老。

挽孙中山之长联

1925年3月12日上午9时30分,孙中山在北京病逝,"壮志未酬身先死,长使英雄泪满襟"。孙中山逝世后,海内外各界人士纷纷敬送挽联,寄托哀思。所送挽联之多、内容之丰富在楹联史上是空前的。

据孙中山先生国葬纪念委员会编辑的《哀思录》记载:自孙中山逝世到4月1日的二十天中,北京治丧处收到挽联共五万九千余副。实际上比这还要多,海内外敬献的挽联大约有十万副。送挽联的有各党派领袖、各界名流、社会贤达、失意政客、新老军阀、海外赤子、国际友人、工农商兵学,甚至有逝者的敌人。以艺术风格看,浩如烟海的挽联笔法生动,活泼新颖,联想奇特,用典纯熟,庄重雅正。这些挽联烘托和渲染了悲哀的气氛,使人感到悼念者与天地同悲、与日月共挽的哀痛之情。

从字数上看,最少的一副挽联八个字,最多的一副二百余字。下面是字数最多的一副挽联:

天心太不仁矣，胡丧斯空前绝后之完人！揖让迈尧，征诛踵武，辩才优于邹孟，博爱广于墨翟，平等真于释迦。数千年专制权威，纯赖苦衷改革。旗张白日，初困雷乡；血染黄花，再挫南越。论到援宁救鄂，策画尤艰。光复汉山河，巍巍元首，敝屣尊荣。岂期约法无灵，群雄多僭名割据。珠江开帅府，挥泪兴师，利钝非所知，唯有鞠躬尽瘁死。

国运亦奚衰乎！谁竟此三民五权之主义？克强早逝，松坡云亡，项城深负公托，黄陂徒有公心，河间盲与公敌。二万里共和乐土，渐成满目疮痍。神圣劳工，畴为主宰；职业政治，痛失导师。记得行易知难，学说不朽。陶熔新社会，眷眷同盟，仔肩责任。自愧壮怀虚报，昔时曾受命陟岵。行馆读遗书，服膺垂诫，精神永相感，何容乱世苟全生。

这副挽联的作者是老同盟会会员刘揆一。此联除去标点，仍有二百五十六字，实为罕见之长联。长联赞扬了孙中山推翻帝制、建立民国的丰功伟绩，历数了反清讨袁、讨伐军阀、宣传革命、募集资金、发展组织一系列革命活动，还追述了革命过程中所受的挫折和艰难，以及后来重建元帅府、改组国民党、明确三大政策，等等。凝练的诗句掷地有声,琅琅上口,没有描述人物的音容笑貌,也没有描述人物的言谈举止,但纵观一系列的革命行动,一个顶天立地、鞠躬尽瘁的伟大形象跃然纸上。一吟长联,如见其人,如闻其声,感人肺腑,催人泪下。这副挽联如此丰富,简直就是一篇精美的人物传记。

冯玉祥喜书对联

冯玉祥是安徽巢县人。他不仅能征善战,而且擅长诗画,爱好书法,兼工对联。冯玉祥撰写的对联内容丰富,语言朴素。

1933年8月,冯玉祥领导的塞北抗日同盟军被日寇和蒋介石共同镇压后,他第二次来到泰山隐居。但他并没有悲观消极,颓唐自弃。他在该处石壁上题刻了"救国安有息肩日,抗日即为绝顶人"的对联,用以自励自勉。他发奋苦读,探索着救国救民的道路。当时,冯玉祥曾陪友人去"蓬莱仙境"游览,在蓬莱阁题写了一副对联:

先哲捍宗邦,民族光荣垂万世;
后生驱劲敌,愚忧惨淡继前贤。

此联缅怀抗倭名将戚继光,并以此激勉抗日民众,也倾诉了自己的爱国之情。

抗日战争爆发后，冯玉祥积极投身于伟大的民族斗争，但蒋介石处处压制和掣肘他，剥夺他的兵权。冯玉祥仍利用一切机会宣传抗日，鼓动民众奋起反抗。他在四川青城山天师洞的石壁上刻下一副对联：

要想着收咱失地，
别忘了还我河山。

联语引用岳飞誓言，表现了中国人民决心为国家民族战斗，时刻牢记收复失地的爱国主义精神。

1941年，冯玉祥给他的侄子冯宏谦夫妇题写了一副对联，勉励他们要以赤子之心，为国为民英勇抗敌：

孝子贤孙须先救国，
志士仁人最重保民。

当时，针对国民党投降派的投降思潮和一些人的动摇情绪，冯玉祥撰写对联，予以抨击：

头可断，身可杀，民族斗争不可屈；
将非骄，卒非惰，外交妥协岂非忧。

正气浩然，字字铿锵，掷地有声，表现了不甘忍受屈辱的斗争精神。

冯玉祥戎马一生,走遍中华,他经常为名胜古迹撰联题对。去成都武侯祠时,他留下匾联各一。匾为"大仁大智",联曰:

> 成大事以小心,一生谨慎;
> 仰流风于遗迹,万古清高。

匾联文辞朴实明快,书法古雅清秀。秋瑾就义后,曾埋骨于杭州西湖西泠桥畔,墓上筑有风雨亭一座。辛亥革命后,冯玉祥题西湖秋瑾墓一副对联,预言革命一定胜利:

> 丹心永结平权果,
> 碧血常开革命花。

值得一提的是,冯玉祥有一副著名的讽刺联作于1927年。这颇能反映他嫉恶如仇的品格和爽直的性格。当时,正值北伐战争,武汉国民政府要员邀请冯玉祥某日下午二时开会。冯玉祥按时到会,可会场空无一人,点心水果摆满桌子,直到四时,汪精卫等要人才姗姗而来。冯玉祥当即题写一副对联:

一桌子点心，半桌子水果，哪知民间疾苦；
　　两点钟开会，四点钟到齐，岂是革命精神。

弄得汪精卫一伙哭笑不得，狼狈不堪。

冯玉祥从一个目不识丁的大老粗成长为一个文武兼备的将军，这与他勤奋好学的精神和过人的毅力分不开。郭沫若曾评价说："苟日新，日日新，又日新，这几句汤之盘铭，是冯先生一生所奉行的生活准则。"我们今天为人处事，不是也需要这种精神吗？

白崇禧题联之谜

"受降纪念坊"坐落在湖南省芷江侗族自治县城东南七里桥,是中国人民抗战胜利的纪念物。凡到过那里的人,都为十名军政要员题词中唯独空缺白崇禧之作而奇怪。

受降纪念坊是国民党政府于1946年修建的。由于当时修建质量差,加上日久风化,又缺乏管理,逐渐失去了原有的风貌。鉴于此,湖南省人民政府决定于1983年11月破土动工修复受降纪念坊。在修复过程中,把蒋介石等人的题词、题额、题联复原后,发现唯白崇禧所作侧联查无依据。为赶在纪念抗日战争胜利四十周年时纪念坊竣工,供人们参观纪念,只好让那两根原本有白崇禧题联的柱子空着。白崇禧到底为受降纪念坊题了什么样的联语,一时竟成了谜。

为解决这个谜,当地政府、纪念坊工作人员费尽心思,想方设法四处寻找答案,可是一直没有结果。到了中国人民迎接抗战胜利五十周年之际,政府决定本着复其旧貌,扩其规模,增添新内容的精神,并参考1946年制定的《芷江受降城设计草案》再次修整纪念坊。新方案由三大部分组成:一是中国对日军受降纪念部分,包括在受降园内设受降区、受降纪念馆、抗日战区、战术演示区、碑林区、中美空军联队在芷江活动情况展示室等;二是纪念部分,主要是围绕芷江城修建三座受降城牌楼、两座象征胜利的"V"形雕塑,修建大型侗乡风雨桥一座,并在桥的两头再现当年"和平永奠"的场面,还部分恢复当年芷江城墙和城门,铸"庆五千年未有之胜利,开亿万世永久之和平"形象;三是游乐部分,对芷江现有名胜古迹进行维修,并修建水上乐园、明山森林公园等娱乐场所。这样大规模的修建,需要查询、征集大量的资料,是解决空缺侧联之谜的一次绝好机会。于是,纪念坊工作人员抓住这一机遇,进一步研讨,制定了查询新方案。除在报刊、电台、电视台发布消息广告外,还出书介绍情况,并查询曾在芷江县工作过的官员、黄埔军校学员、八旬以上老人以及档案资料。在查遍了全省、全国各地未果的情况下,又在世界各国华侨、华人中查访。冬去春来,月月岁岁仍难解此谜。

正当踏破铁鞋无觅处之时,美国加州湖南同乡会监事长汤子炳教授看到《一纸降书出芷江》书中介绍尚残缺的白崇禧所作对联一事,于是他积极主动与白崇禧之子白先勇取得联系。1995年4月，在查访不少地方仍没查到线索的情况下，汤子炳教授再次到加州大学中文大图书馆的书海中寻找，最后终于找到了这副对联。他迅速通过鸿雁传书将侧联遥寄到中国湖南芷江，使这近半个世纪以来的难解之谜终于解开了，恢复了受降纪念坊的完整。历经曲折终于面世的白崇禧题联是：

扬大汉天威，挥鞭虾夷；
雪百年国耻，勒石燕然。

汉字摭拾

hanzi zhishi

书"福"赐"福"

过春节时,老百姓除了贴对联之外,还要贴"福"字。这贴"福"字的风俗,还有一段传说。

相传有一年明太祖朱元璋微服私访,被一户人家无意得罪了,他便信手在红纸上写了个"福"字贴在这户人家的门楣上,准备回朝后派人按图索骥,拿人治罪。朱元璋尚未回朝,马皇后便知道了此事。马皇后乃朱元璋患难与共的结发之妻,心地善良,不愿朱元璋为这点小事就杀人,遂心生一计,命令全城大小人家必须在天明之前于门楣上都贴上一张红纸写的"福"字。

然而,有一家贫寒小户,只有老夫妇二人,且都是文盲。他们也求人写了张"福"字,不料由于不识字,竟贴倒了。朱元璋听说满城人家都贴了"福"字,勃然大怒;又听说一户人家居然还倒贴"福"字,即传旨将这对老夫妇问斩。马皇后心知这对老夫妇很冤枉,便对朱元璋说:"万岁,这两老人杀不得。"朱元璋问何故,马皇后道:"万岁乃九五之尊，驾临百姓之家，自是百姓的福气。这家老夫妇倒贴"福"字，不正是颂扬万岁临门，福气到了吗？"朱元璋一听，言之有理，不但收回了处斩这对老夫妇的旨意，还赏赐了他们一大笔财物。

自此，民间倒贴"福"字的做法很快传开。

到清代，"福"字又进入皇宫。从康熙皇帝开始，每年新春之际，皇帝都要御书"福"字赐给大臣。

康熙用名为"赐福苍生"的毛笔来写"福"字。这枝珍贵的毛笔，每岁开笔只用一次，用毕即收存。所写的"福"字，要高悬于紫禁城内乾清宫正殿。年年如此，代代相传，成为清宫每岁新春活动中的一项重要内容。

这项书"福"赐"福"的活动很隆重，且有一套很严格的礼节。皇帝在腊月初一开笔书"福"，凡内廷王公大臣都要颁赐。大臣们都以能得到一幅皇帝亲书的"福"字为莫大的荣耀。新春伊始，家里能贴上这皇帝御笔大"福"字，便是福海无边的幸事。此外，内廷翰林及乾清门侍卫，都赐双钩的"福"字，这是御笔勒石制成的。

慈禧太后还曾于看完杨小楼的表演后，书写"福"、"寿"大字笺赏赐给他。她此举是违背"祖宗家法"的恣行妄为了。

清代文字狱

清朝的文字狱,始于康熙,盛于雍正,乾隆时严酷程度有增无减。文字狱究竟制造了多少冤案,害死了多少无辜,已无法精确统计,受害者之多,被株连者之广,是前所未有的。

康熙初年,一些前朝的文人因写了一些明史和怀旧文章,即被扣上反清的帽子而遭杀戮。如《明史辑略》是浙江吴县富户庄廷龙花钱买了明朝大学士、首辅朱国祯留下的明史初稿,又聘请人整理而成的一部著作。书刊印后引起轰动。一个名叫吴之荣的无赖把这事告到刑部衙门,康熙阅奏折后勃然大怒,命令予以严惩。当时已经去世的庄廷龙被开棺戮尸,凡是参加过编撰的,包括作序、刻书、卖书的总共两百多人全被处死,家属妇女则被发配到边疆为奴。还有一个叫戴名世的安徽人,也特别留心明史,他曾给自己的学生余湛写信,让其搜集南明小朝廷桂王的资料。后戴名世中举并被授予翰林院编修,有人告发戴私修南明历史的事，戴被处死，其祖父子孙、母女妻妾等多人受株连。

康熙六十九岁去世，四子胤禛继承皇位，年号雍正。雍正时期文字狱最盛，捕风捉影，草菅人命，叫人防不胜防。曾做过年羹尧书记官的汪景祺写了一部《西征随笔》，书中一首诗有一句"皇帝挥毫不值钱"。雍正认为是讽刺他字写得不好，便以大逆不道之罪将其斩首，妻女也被发配为奴。在翰林徐俊的诗集中，有"清风不识字，何故乱翻书"两句，雍正认为"清风"即暗指清朝，遂以诽谤朝廷之罪将其杀害。内阁大学士查嗣庭任江西主考官时，出了道"维民所止"的试题。这句原本出自《诗经》的话，却被认为"维"字和"止"字是"雍正"二字去头而来，是砍皇帝脑袋的意思。于是查嗣庭被捕，还未及定罪即死在狱中。但雍正仍不解恨，下令戮其尸，杀其子，家属发配边疆。

"吕留良事件"是雍正年间波及面最广的文字狱。早在康熙年代，书生吕留良就因不满清朝统治而拒绝应召，出家当了和尚。但他仍著书立说，主张分清"华夷之别"，他称明朝为本朝，称清朝为夷。一个叫曾静的人看到吕留良的书稿后，深表敬佩，让其弟子张熙找到陕甘总督岳钟琪，托他刻印此书并劝其反清复明。岳钟琪却上书雍正皇帝，捉拿了张熙、曾静等人，并查抄了涉案人员的书籍和诗文。雍正下令严加惩处，吕留良虽然已死，坟墓仍被掘开,劈棺戮尸,其他所有涉案人员都被满门抄斩。

乾隆在位期间的文字狱事件,比康熙雍正两朝的总和还多。他曾下令大肆搜查野史诗文,因此获罪的人不计其数。江苏东台举人徐书夔有一句"明朝期振翮,一举去清都"的诗,意思是明天早上鸟儿振翅飞往京城,但被说成是要振兴明朝、废弃清朝。当时,徐书夔和他的儿子都已去世,两个孙子还活着。乾隆下令,死了的鞭尸,活着的砍头,连当地官员也因失职罪而被杀。

闲话京津匾额

北京是座古城,处处蕴涵着浓郁的传统文化气息。姑且不论诸多文物古迹及历代相沿而成的风尚习俗,单是店铺的匾额,就足以显示出它作为文化名城的历史价值。

匾额亦称"匾榜"、"牌额",亦可单称"匾"、"额"。它是以大字书写,悬挂在门楣、堂室或亭榭上的。南宋文学家楼钥有《玫瑰集·先兄严州行状》云:"下笔辄工,好事者争求匾榜,流传甚多。"由此可见南宋时悬挂匾额之风即已盛行。

明清以来,京城那些附庸风雅的商人,不仅求文人学士为其店铺命名,而且讲究悬挂由名人书写的匾额。以销售名人字画及文房四宝著称的"荣宝斋",其字号取"以文会友,荣名为宝"之意,匾额是特请同治甲戌(1874)科状元陆润庠题写的。开业于明代嘉靖末年的"鹤年堂"药店(位于宣武门外菜市口),字号取《淮南子·说林》中"鹤寿千岁,以极其游"之意,其匾额字体苍劲,颇有神韵，据传系奸相严嵩手书。

规格最高并有传奇色彩的匾额当数乾隆帝御题的"都一处"。这家驰名中外的烧麦馆，是开业于乾隆三年（1738），原名李记小酒店，以物美价廉的晾肉、马莲肉、玫瑰枣、煮小花生等小菜赢得酒客的青睐。乾隆十七年除夕之夜，皇帝携内侍二人微服私访，偶至店中，对伙计招待之殷勤、酒味之醇香、小菜之可口极为嘉许。未逾月，乾隆即遣太监将御笔"都一处"黑漆金字四周镌刻蝙蝠图案的虎头匾额送至李记酒店。自此，该店誉满京华。至同治年间，"都一处"又增添三鲜烧麦及炸三角等别具风味的食品，名声越来越大。

清末号称"穿砚书"的王法良，专攻颜体，真草俱佳。据说他自幼居乡习字，砚被磨穿者不知凡几，故得此称号。一次，清宫太和门失火，修复后所书门额，均不合当时垂帘听政的隆裕皇太后之意。经翁同龢推荐，王法良书写的门额荣邀"圣览"。后又令其书昭德、贞度诸门额，于是王法良书名大振。此外，据我所知，故宫神武门上的"故宫博物院"五字原系李煜瀛所书，听说60年代改为郭沫若字。

几十年前，北京有名的匾额书家要算王埗、唐驼、冯恕诸人，有"无匾不书埗，有额皆书驼"之说。据说"同和居"现在新悬挂的匾额为宣统皇帝的御弟爱新觉罗·溥杰的手迹。如今，不少商家一改统统仿宋体死板拘泥的字号，请当代人题匾额。"文奎阁"、"邃雅斋"书店，据说是"文革"前邓拓和王昆仑的手笔。"印痕阁"刻字店落款是胡厥文，"古燕阁"落款是当代著名画家李苦禅。

当年天津，有颜、华、赵、孟四大写家。第一流商店的牌匾，大部分出于这四大写家之手。严、华、赵、孟四家指的是严范孙、华世奎、赵元礼、孟广慧。

严范孙，前清翰林，做过学部侍郎，辛亥革命后隐居津门。他写的楷字，在苍劲中见秀丽，非常好看。东马路天津造胰公司的"营业部"三字，就是严范孙写的。可惜因为他忙于办学，他的字不容易求到。华世奎字璧臣，中进士点翰林以后，在翰林院当编修。他写颜真卿体，但又有所发展。天津商家挂华世奎的匾很多，"天津劝业场"那五个大字就是华氏晚年的代表作。赵元礼字幼梅，前清举人。他写苏体字，写的匾也不少，如北马路"祥德斋糕点总店"、东马路"凯记"公司等，字体潇洒俊逸。孟广慧字定生，山东邹县人。字体近乎魏碑，后来又宗欧、宗赵，苍劲有力。他不是进士出身，但由于是亚圣孟子的后裔，在天津也享有盛名。

当然，天津的牌匾并不只是出自这四大写家。好牌匾还有很多，如东门里仓敖街"江苏会馆"四个字的楠木金匾是翁同龢写的。翁是光绪皇帝的老师，也是一代书家。这四个字写得龙飞凤舞，功力非凡。估衣街绸缎庄"谦祥益保记"的匾额是山东状元王垿写的，神韵清逸，百观不厌。有的商店也请北京名家如潘龄皋、张伯英等写匾，大成雨衣厂和无愧楼奠基典礼的基石，就出自张伯英之手。

天津商店除去字号匾以外，还悬挂具有广告意味的边匾的习惯。例如药店要挂"桔井"、"杏林"，茶叶店要挂"龙团"、"凤髓"，糕点店要挂"福寿长元"、"玉粒生香"，大饭庄则是"食德"、"饮和"或"旨酒佳肴"、"醉月飞觞"，法租界交通旅馆也挂有"交道接礼"、"停长者车"的边匾。但一般名家都愿意写字号匾，不愿写边匾。因为字号匾上要题名款，写年月，金滚朱印，显得高雅。字号匾两旁的边匾，则像唱戏时给名角"挎刀"一样，充配角而已。

孔庙进士题名碑

当走进北京孔庙的第一座院落,就会发现孔庙两侧的松柏林间引人注目的进士题名碑林。

这些题名碑共有一百九十八座,上面镌刻有元、明、清三代五万一千六百二十四名进士的姓名、次第和籍贯。

碑上英才留名,供游人观赏,足可以使人发思古之幽情,其中的著名人物,更令人钩古思今,浮想联翩。在大成门西侧,后一排,东数第五座碑,上有于谦题名。于谦,明代著名的军事家、政治家,浙江钱塘县太平里人,永乐十九年(1421)辛丑科进士,曾任兵部左侍部。明正统十四年(1449)"土木之变"后,于谦从兵部侍郎升任兵部尚书,并率军民浴血奋战,击退瓦剌军,保卫了北京,成为名垂青史的民族英雄。

后二排从西数第三座碑,可以见到林则徐的大名。林则徐,字元抚,又字少穆,福建侯官(福州)人,爱国政治家,亦是改革派的代表人物。他于嘉庆二年(1797)考中秀才，1804年中举，1820年后任江南监察御史、浙江杭嘉湖道、江苏和陕西等省按察使、江宁和湖北等省布政使等职。1837年升任湖广总督。虎门销烟，林则徐震惊中外。

前二排从东数第五座碑，龚自珍的姓名镌刻其上。他是道光九年（1829）己丑科进士。龚自珍，又名龚祚，号定庵，浙江仁和（今杭州）人，著名今文经学家、诗人。他痛恨清政府腐败，常对社会弊病痛加讽刺。他认为政府用人皆凭资历，致使所有高官贵臣多为齿稀发秃、精神疲惫的老朽，在《己亥杂诗》中发出："九州生气恃风雷，万马齐喑究可哀。我劝天公重抖擞，不拘一格降人才"的呼声。

东侧东数第二座碑上，可见到袁崇焕之名。袁崇焕，别名元素，广西藤县人，明末爱国将领。他是明万历四十七年（1619）己未科进士。后为辽东巡抚，继任兵部尚书。崇祯二年（1629），后金威逼北京，袁崇焕率部保卫北京。后因崇祯皇帝中皇太极反间计，袁崇焕冤死。

接着数到第八座碑，便能看到徐光启的名字。徐光启，字玄扈，上海人，明末杰出的科学家。万历三十二年（1604）甲辰科进士。

西侧前一排西数第一座碑上有蔡元培之名。蔡元培，字鹤卿，号子民，著名教育家，新文化运动倡导者之一。他是光绪十八年（1892）丙戌科进士。

前一排东数第一座碑,则可以寻到沈钧儒之名。沈钧儒,浙江秀水人,著名爱国人士,"七君子"之一。建国后曾任最高人民法院院长、全国人大常委会副委员长。

在进士题名碑上,还可找到许多著名历史人物,像介绍西方思想的魏源、佛教协会主席赵朴初、光绪皇帝的老师军机大臣翁同龢、洋务派领袖李鸿章……

孔庙进士题名碑,不失为中国文物之宝,是研究中国历史人物和科举制度的珍贵资料。

酒令种种多奇趣

古往今来，热衷于饮酒行令的文人士大夫比比皆是，形成了饶有趣味的"酒令文化"。饮酒行令，既需博学和才华，又要机敏与伶俐，心快、腿快、嘴快、手快，四者缺一不可。酒令饶有情趣，因此这一游戏代代相传。清人俞效培是个有心人，花费大量心血辑成了一部四卷的《酒令丛钞》，颇为有趣。

酒令有各种各样的形式，旧时人们行酒令时喜作对联。如一人说："马援以马革裹尸，死而后已。"另一人则对："李耳指李树为姓，生而知之。"出对者再说："锄麑（春秋时晋国力士）触槐，死做木边之鬼。"对者对曰："豫让（春秋时晋国人）吞炭，终为山下之灰。"如此说下去，凡不能对卜或对得不工整者，就算输，罚以酒。

酒令中有一种诗联，由一人先背诵一句名诗，接联者必须以前者诗句的末尾字为首，说出第二句诗来。如第一人诵出"两个黄鹂鸣翠柳"，第二人便以"柳"字为首，接诵"柳浦桑村处处同",第三人以"同"为首接联"同是江南寒夜客",第四人以"客"为首接"客路多逢汉骑营"……如此相接吟咏,凡接不上者就得罚酒。

酒令中还有改字型,首行令者将古诗故意读错一字,接联者则应另外说一句诗"解释"之。如"少小离家老二回"("大"字错作"二"字),对"只因老大嫁作商人妇";"菜花依旧笑春风"("桃"字错作"菜"字),对"只因桃花净尽菜花开";"旧时王谢堂前花"("燕"字错作"花"字),对"只因红燕自归花自开"……如此循环,不一而足。

酒令中的拆字型也很有趣。如《云麓漫钞》中记载,陶谷使越,吴越王于席间行令:"白玉石,碧波亭上迎仙客。"陶谷很清楚对方之意,巧妙地对曰:"口耳王,圣明天子要钱塘。"这就是酒令中的"拆字"。

另一种类似拆字型的酒令,其规格是用同音字分合,以韵相协,再用诗文中的句子结束。清末,某县县官易主,新任知县设席为前任饯行。新任知县少年得志,目中无人,在酒席上行酒令哂笑前任:"有水读做溪,无水也读奚,去其溪边水,加鸟变成鸡。得意猫儿雄似虎,失意凤凰不如鸡。"前任知县本已怏怏不快,此刻又遭此讥讽,不禁怒火中烧,遂向新任知县回一令:"有水读做淇,无水也是其,去掉淇边水,加欠便成欺。龙游浅水遭虾戏,虎入平阳被犬欺。"这时,座中一客人见两位知县口角相争,互不相让,赶忙站起来当和事佬:"有水读做湘,无水也是相，去其湘边水，加雨变成霜。各人自扫门前雪，莫管他人瓦上霜。"此令正中两位知县的下怀，于是满座释然。

年龄称谓谈

过新年，每人都无例外地长一岁，由此想到了传统的年龄称谓。

从幼到长，依此顺序共有十几个常用叫法。童稚阶段的小孩称"总角之年"，孩童期的交往称总角之交。角，小髻，古时候小孩头顶两边留发亦称之为角。挽束在头顶的头发，称之为发髻、头髻。"总角"为收发结髻的样子，古称童年时代为"总角"。

称少女"豆蔻之年"。语出杜牧《赠别》："娉娉袅袅十三余，豆蔻梢头二月初。""豆蔻"是一种植物，其花成穗时，嫩叶卷而生，穗头深红叶渐展开，花渐放出，颜色稍淡，人们摘其含苞待放者，美其名曰"含苞花"。而二月初的豆蔻花正是这种"含苞花"，用来比喻"十三余"的少女如花似玉、美丽可爱。再长一年，女子到了十五岁，则称"及笄之年"。笄，古代盘头发用的簪子，特指女子盘头发插簪的年龄，即成年。《仪礼·士昏礼》记载：

"女子许嫁，笄而礼之，称字。"《礼记》上说"女子……十有五年而笄。"古人早婚，"及笄"的女子就算达到结婚的年龄了。再过一年，十六岁惯称"破瓜之年"。古时文人拆"瓜"字为二八字相加以纪年，谓十六岁。

男孩长到二十岁称"弱冠之年"。古时二十岁的年轻人要举行冠礼，表示已进入成年人阶段。

《论语》中说的"三十而立，四十而不惑，五十而知天命，六十而耳顺"，在我国影响非常之大。"而立"是指阅历多，能力强，有主见，可以独当一面；"不惑"则是指经过几十年生活的严峻考验，遇事头脑冷静，不慌张，认真思考，判断能力也强得多了；"知命之年"是五十岁人的代称，指他们对自然和社会的规律都有了相当的了解，并能运用这些规律，经验也相当丰富；而"耳顺之年"是到六十岁的老人见多识广，谦虚谨慎，能虚心听取各方面的意见，"耳闻其言，而知其微旨"。

古时还称五十岁为艾。艾，是一植物，颜色为苍白色。孔颖达疏："发苍白色如艾也。"《方言》第六："艾，长老也。东齐、鲁、卫之间，凡尊老谓之叟，或谓之艾。"称六十岁为耆，老者之义。《孟子·梁惠王下》："乃属其耆老而告之。"《晋书·食货志》："九年躬稼，而有三年之蓄，可以长孺齿，可以养耆年。"《礼记·曲礼上》："五十曰艾，服官政；六十曰耆，指使。"《荀子·致士》："耆艾而信，可以为师。"

"古稀之年"是七十岁的代称。古时候人能活到七十岁是非常稀罕的。杜甫《曲江》里就有"酒债寻常行处有,人生七十古来稀"的诗句。《礼记》上把八十、九十曰耄,就称"耄期之年"。《诗经·秦风·东邻》:"逝者其耄。"《毛传》:"耄,老也。八十曰耄。"因此,人们将这七八十的老人称为"耄耋老人"。老人一百岁,称"期颐之年"。《礼记》上说:"百年曰期、颐。"郑玄注:"期,犹要也;颐,养也。"孙希旦集解:"百年者饮食、居处、动作,无所不待于养。方氏悫曰:'人生以百年为期,故百年以期名之。'"就是说"期"为百岁之意;颐,释之"奉养"。这就告诫后人,长辈老人特别是到了百岁,是要晚辈孝敬、奉养的。

古今数字趣谈

自然数中的一至九,在人们的生活中有着无穷的奥秘与趣味。

"奇数",有人认为不吉利。买猪买牛不选这个日子,连妈妈带孩子回娘家都不愿在单数的日子。但也有少部分人认为阴历的初一、十五是好日子。

"三"与佛教文化有着不解之缘。如佛教以经、律、论为"三藏";佛、法、僧为"三宝";声闻乘、缘觉乘、菩萨乘为"三乘"。佛教把人性分为善、恶、无记(不善不恶无法识别)"三性";皈依佛、皈依法(佛法)、皈依僧为"三皈依",又称"三皈戒";天道、人道、阿修罗道为"三善道",又叫作"三善趣";"三头六臂"是佛经上形容佛的法相的,常用来比喻神通广大,本领出众。佛教文化中有关"三"的用语很多,如"三学"、"三界"、"三觉"、"三身"、"三世"、"三凿"、"三纲"、"三障"、"三铺"、"三尊"、"华严三经"、"西方三圣"、"龙华三会"……

"三"的奥秘也是无穷的。孔子曰:"三人行,必有我师。"谚语云:"三个臭皮匠,赛过诸葛亮。"婚礼常行三鞠躬,志哀静默三分钟,古建筑的三层基台、三层石级、三重屋檐,等等。此外还有"三结合"、"三要素"、"三大件"……

"七"这个数字不招人喜欢,在有病人或亡者时它出现较多。刚出生的婴儿在头七天里最易发病,当妈妈的怕"七风"。人死后要过"七",过了"三七",一些禁忌才解除。

要想发离不开"八"!这是苗族、侗族人的一句口头禅。当今社会,无论那个民族都流行这句话。公家的、私人的大车、小车,电话的号码,甚至住宅的门牌号码,都争着要有"八"字,哪怕价钱再高也要买下。对于这个数字,苗族、侗族人还有着特殊的爱好。年轻小伙子给岳父母送的礼篮中必有八个包子;晚辈给长辈送的礼篮中必有八个糍粑;姑娘结婚时,男方会给她置办八套新衣,女方则回赠八个红包,内装八样糖果点心;姑娘出嫁的头天晚上,要邀平日最要好的八位伙伴唱歌陪房;红白喜事,主人要摆出八仙桌,还要用八种烹调方法做出八大碗菜肴宴请来宾。

"九",因为音同"久",人们用得也很讲究。如在苗族,姑娘出嫁时,有一位长辈会抓起大把谷米,往送亲迎亲人的头上、身上撒,前后各撒九次。往前撒九次,表示新娘去到郎家永久不会缺粮;往后撒九次,则是希望新娘以后多回娘家,娘家也永久不会缺粮。豪爽的侗家人,在酒席上也常用"九"字。主人双手高擎满满一海碗酒,一边真诚地为大家敬酒,一边连声说:"吃酒(久)!吃酒(久)!"而喝酒的来客即起身回敬主人,并答:"酒(久)吃!酒(久)吃!"双方都很巧妙地借了酒的谐音表达祝福。

趣说北京的"三"和"四"

北京名胜荟萃、古迹众多,同一类的东西用数字归纳在一起,非常有趣,其中与"三"和"四"联系最多。

建筑方面的三大殿:太和殿、中和殿、保和殿。拱卫京师的三大桥:永定河上的卢沟桥、通汇河上的永通桥和追彰忠臣的朝宗桥。在园林方面,北京云居寺有三奇石:施茶亭北半山腰的"绵羊石"、柏树沟北朝阳洞内的"木耳石"、雷音洞北崖上的"蛇头石";圆明园有三园:圆明园、万春园、长春园;颐和园谐趣园有三趣:玉琴峡声趣、知鱼桥桥趣、瞩新楼楼趣。

过去,琉璃厂雕刻有三绝:刻铜的张寿丞、刻瓷的朱友麟、刻竹的张志鱼;老北京还有三绝:唱不过余叔岩、书不过张大千、吃不过白永祥(白是燕京第一名厨);老北京艺坛也有三绝:评书艺人双厚坪、京剧演员谭鑫培、京韵大鼓演员刘宝泉。

房山十字寺有三宝:白果树、辽碑、元碑;广济寺也有三宝：七叶树、陶制方缸、木化石；密云云蒙山也有三宝：杏瓣、瓜子、酸枣。其他如北京的三美味：狗肉、马肉脯、驴肉；云居寺三美：香椿、豆腐、水；京语三大师：曹雪芹、文康、老舍。以上这些有趣的"三"，只是众"三"中的一小部分，但就此亦可窥北京胜迹之一斑。

提起北京的"四"，就更是丰富多彩，饶有趣味了。

先说紫禁城有四门：午门、东华门、西华门、玄武门；昌平沙河巩华城也有四门：南曰拱京、北曰展思、东曰镇辽、西曰威汉；北京昔日的东四牌楼四坊：思城坊、仁寿坊、保大坊、明照坊；西四牌楼也有四坊：金城坊、鸣玉坊、积庆坊、安福坊；颐和园长廊有四座重檐八角亭，自东向西为：留佳亭、寄澜亭、秋水亭、清遥亭；玉泉山有四塔：玉峰塔、华藏塔、妙高塔、圣缘塔；天坛皇穹宇有四大声学现象：回音壁的回音、三音石的叠音、天心石的空音、对话石。

饮食方面，老北京有四类菜馆：书茶馆、茶酒馆、清茶馆、野茶馆（开在郊外荒村中）；老北京有四大饭庄，又称四大兴：福兴居、万兴居、同兴居、东兴居；羊肉制品有四大家：东来顺的涮羊肉、烤肉季的烤羊肉、月盛斋的酱羊肉、白魁的烧羊肉；老北京黄酒有四大茂：和茂、勤茂、同茂、盛乾茂；明末清初北京有四座官冰窖：德胜门外西护城北岸关厢西侧冰窖、北海公园东门冰窖、海淀镇西栅栏迤北军机处北口冰窖、前门外东珠市口冰窖。

另外，老北京有四大钱庄，号称四大恒：恒利号、恒和号、恒兴号、恒源号；中药行中有四大堂：同仁堂、鹤年堂、千芝堂、庆仁堂；老北京著名的四寺四花木：法源寺的丁香、崇效寺的牡丹、极乐寺的海棠、天宁寺的芍药；明代北京清真寺有四大官寺：牛街礼拜寺、东四清真寺、锦什坊街晋寿寺、安外二条法明寺；等等。

有趣的"拆字"

早年民间流传着"拆字"的故事,从字面上看是文字游戏,却包含着重大的社会内容。

拆字源于何时?据说最早可追溯到汉代。不过,那时是根据做梦或其他偶然的事件进行解说推算。真正饶有趣味的"拆字",则是在北宋年间出现。

据《夷坚志》载,北宋末年有个著名的拆字者谢石。宋徽宗赵佶传位给儿子钦宗后,曾写了一个"朝"让谢石拆。谢石看了"朝"字,对前来送字的宦官说:"这个字不是你写的。据字而言,'朝'字分开为'十月十日',一定是这一天出生的大贵人写的。"因谢石拆"朝"字时说对了赵佶的生日,故赵佶对他"赐赉甚厚"。此次谢石拆字得福,有一次却因拆字惹了大祸。据说南渡后,一次有人让他拆"春"字。他说:"春"字,秦头太重,压日无光。当时正是秦桧得势之时,他因此被放逐,后死于戍所。

早年读《夷坚志再补》,其中也有一个拆字问国事的故事：南宋初年，有个宰相写了个"杭"字让算命先生拆字，当时杭州是南宋的首都。算命先生一看，忙说大事不好，"杭"字是"木"与"亢"合成，将"亢"字一点移至"木"上，便是"兀术"二字，这说明金兀术要南侵了。据说没过几天，金兀术果然领兵南侵。当然，这里有算命先生对形势的洞察与巧合的成分存在。

明朝末年有一个拆字者，本领也很不寻常。那是崇祯年间，李自成的军队逼近北京，崇祯派一名太监便服出宫，探听消息，正好遇上这个摆摊测字的人。太监随口说出个"友"字让测字人测算国家大事。拆字者说，不好了，"反贼早出了头了"（"反"字出头是"友"字）。太监闻听，马上改口说：我说是有无的"有"字。测字者说，"有"字也不好，"大明已去半矣"（"有"字是"大明"二字去一半合成的）。太监又改口说是"酉"字。拆字者说，"酉"字更为不妙，因为天子是至尊，"至尊"已斩头截脚矣！太监无语而返。当时的国事如何，已是明明白白的，不用演说字义也完全可以断言。不过，拆字者能把"友"、"有"、"酉"三个字编造得如此风趣巧妙，不能不令人佩服他对汉字结构研究得精到。

打灯谜

北京在酷暑季节，白天火伞高张，天气燠热。到了晚上，有时爽风习习，人们多在室外乘凉，老老少少有坐着小板凳摇扇谈天的，也有在灯下下棋的，还有些在"打灯虎"（即打灯谜）。笔者那时曾偕兄弟去猜灯谜，也曾自制过谜灯，在大门附近悬灯候教。

谜语也叫"春谜"，又叫"灯谜"、"灯虎"、"文虎"、"闷闷儿"、"谜谜子"。查查书，据说又叫"隐语"、"瘦词"、"离合体"，等等。一个小玩意儿，居然有这么多名称，你说好玩不好玩？

谜语曰"春"、曰"灯"者，因为它是元宵前后看灯时的玩意儿。《红楼梦》中，元春在元宵省亲之后，派太监从宫里送出一个小纱宫灯，灯上贴着给宝玉等人猜的谜语。为什么一定要贴在宫灯上，而不装在一个信封里呢？因为猜谜的游戏，是灯节看灯时的趣事。后来贾母主持灯谜雅会，也特地做了一架"灯屏"。不只《红楼梦》写到猜灯谜,《二十年目睹之怪现状》里也写到这事,大致是说元宵之夜在宣武门外胡同中看一些人家大门口灯笼上贴的灯谜,评论哪一个做得好,哪一个做得不好,书中还记录了不少有趣的灯谜。

北京旧时特别讲究元宵节猜灯谜。康熙时人柴桑的《燕京杂记》云:

> 上元设灯谜,猜中以物酬之,俗谓之"打灯虎"。
> 谜语甚典博,上自经文,下及词曲,非学问渊深者弗中。

这段引文把猜谜语说成"打灯虎",为什么呢?这是把猜谜得到"猜头"(即奖品)和打猎联系起来。过去的人认为"猜头"很难得到,像打猎得到老虎一样难,所以称之为"灯虎"、"打灯虎"。

又因猜灯谜是文人的游戏,要靠文思才情来编、来猜,所以又称之为"文虎"、"雅谜"。所得奖品,正如《红楼梦》中所写,也都是纸笔墨砚等文房用品,得不伤雅,取不伤廉,同一般赌博性的得彩不一样。自然也如俗语所说:"秀才人情纸半张。"《光绪都门纪略》灯虎诗云:

> 几处商灯挂粉墙,
> 人人痴立暗思量。

秀才风味真堪笑，
赠彩无非纸半张。

　　这就是嘲笑猜灯谜的穷秀才的呆相的。其实写这诗的人又何尝是达官贵人呢？也同穷秀才差不多吧。正因如此，所以写来有如自况，人读后别有一番滋味。

　　谜语有雅俗之分。雅谜如蔡中郎书曹娥碑阴八字："黄娟幼妇，外孙齑臼。"杨修解作"绝妙好辞"四字。《三国演义》据此写了一段很好的故事。至于"花房子，红帐子，里头住个白胖子"，猜作"落花生"，那便是文人学士眼里的"俗谜"，是孩子们玩的"猜个谜儿，破个闷儿"的"闷闷儿"和"谜谜子"了。"闷闷儿"是北京儿童的娇言乖语，"谜谜子"是江南小儿女的悄悄话。写文章常恨不能表现声音，如果报纸、书籍随着文字能显示声音，那"闷闷儿"和"谜谜子"的娇嫩声音多么有感染力啊。

　　至于把谜语叫"隐语"、"瘦词"等，那就是更早的事了。谜语是在三国曹魏时才出现的名词。杨修所猜中的"绝妙好辞"，当时还叫"离合体"，叫"隐语"。孔融曾将"鲁国孔融文举"六字，用隐语写成四言诗一首，共二十四句，每四句离合一字。如以"鲁"字作谜底，其谜面四句云：

渔父屈节，水潜匿方。

与时进止，出寺弛张。

简言之，即"渔"字去水，"时"字去寸，合成鲁字。而诗句又以屈原、孔子作比，表现了作者的志向。《渔父》是《楚辞》中的一篇，是屈原放逐后所写，有"屈节"、"隐潜"之意。而孔子被称作"圣之时者也"，时去寸余日字，则不能成为"时者"，进止之际，颇费周章了。这种谜语写来太难了，不但要有学识，而且要有才。孔融为"建安七子"之一，真是名不虚传。当时还没有"谜语"的说法，可能民间早有了，只是文献中没有记载。直到刘勰《文心雕龙》中才记云："魏代以来，君子嘲隐，化为谜语。谜者，回互其词，使昏谜也。"

南北朝时，谜语十分风行，所谓"清谈侣晋人足矣"。南朝人物，本来是最善于辞令的，加上谜语，更可以解颐了。史书中有关记载很多，现举一例：咸阳王司马禧败逃，让从官龙武作一谜解忧。龙武作"箸"谜道："眠则同眠，起则同起。贪如豺狼，赃不入己。""箸"就是筷子，现在温州方言还叫箸。这样的筷子谜语，今天听来仍然生动有趣。

历史上流传下来的好谜语是非常多的。《红楼梦》中贾宝玉作过一则谜语：

南面而坐，北面而朝。
像忧亦忧，像喜亦喜。

贾政大叫："有趣有趣。"书中说是宝玉编的，实际也就是曹雪芹创作的。然而事实上却不是曹雪芹所写，而是另有出处。明崇祯年间，吴县贡生冯梦龙，署名"墨憨斋主人"，曾编辑一本《黄山谜》，内中即收了这一则谜语。可见这则谜语早在明末已在社会上流传。曹雪芹写《红楼梦》时因其富有情趣并暗示镜花水月之意，遂借为宝玉的谜语了。

在明代以前，还没有专门记载谜语的书，一些著名谜语散见于史书、诗话、笔记中，有些成为流传十分广泛的趣谜。如："目字加两点，不作贝（貝）字猜；贝字欠两点，不作目字猜。"谜底是"贺（賀）"、"资（資）"二字。又如："四个口，尽皆方，加十字，在中央。"谜底是"图（圖）"字。以上二谜均载于宋人《钱氏私志》中。又如："一人立，三人坐，两人小，两人大，其中更有一二口，教我如何过。"谜底是"俭（儉）"字。见于宋人洪巽的《谷漫录》。

明代出现了专门记载谜语的书，如《谜社便览》、《千文虎》等，收集了大量前人谜语，不过这种书现在很难见到了。冯梦龙的《黄山谜》就收了不少苏州吴语谜，十分有趣。举两个例子："丝虽长，湿哩搓弗得个线；经虽密，乾子织弗得个绢。""板板六十四，一生有正经，说嘴又说脸，眼里看弗得个灰尘。"前一谜底是"雨"，后一是"板刷"，全是方言口语所编。这种谜语，只能用吴语读才有情趣，一读普通音，便索然无味了。

茶　谜

茶叶最早是作药用的，后来才作为饮料进入日常生活。而古时候饮茶又与文人墨客的生活结合起来，茶文化也就应运而生了。有了茶文化，也就随之出现了"茶谜"和茶谜故事。

我国的茶谜，源远流长。最早的茶谜，当数古代谜家撷取的唐代诗人张九龄《感遇》一诗中的"草木有本心"之句。"草木有本心"，即谓"草字头"与"木"之间，有"本"字之"心"，即"人"，合起来正是个"茶"字，相当切题。

我国及近邻日本、韩国，都有为老年人祝寿赠送茶叶或以茶为题的字画的礼俗。为何以茶做寿礼呢？一则绝妙的茶谜可以说明这个问题，你看那"茶"字下部，不是包括"人、八、十"吗？再加上草字头，是个"廿"，这样，八十加二十，正好是一百。一百是个吉祥数字，寓意"人寿百岁"。这当然是最好的生日祝贺了。

至于我国民间流行的口头"茶谜",就更多了。如"我在山中,一色相同,泡在水里,有绿有红"这个谜语,很通俗,一看就能猜出是茶叶。同时,此茶谜还是一首风景诗,读之令人心旷神怡。

还有一些拟人化的茶谜,说来也很有趣。比如这样一首茶谜:"虽是草木中人,乐为大众献身。不惜赴汤蹈火,要振万民精神。"将茶拟人化了,含义颇深。

随着茶叶品类及茶具的增加,又萌生出许多有趣的茶叶、茶具谜。如:"一只无脚鸡,立着永不啼。喝水不吃米,客来把头低。"这是茶壶。

民间还流传着许多妙趣横生的茶谜故事。

相传,在江南一座古刹里,有个嗜茶成癖的老和尚。他与寺外一个小店主是茶友,也是谜友,两人常在一起品茶猜谜。一天夜里,老和尚突然茶瘾、谜兴大发,便叫一个哑巴小和尚头戴草帽、脚穿木屐,代他去找那店主取一件东西。店主见到小和尚如此打扮,二话没说便递给小和尚一包茶叶,让他拿回。老和尚一见茶叶,不住点头。因为,小和尚戴的草帽,即"茶"之草字头;脚穿木屐,即指茶字下的"木";中间的小和尚,便是茶字中间的那个"人"字,合起来是一个"茶"字。

传说,一次祝枝山去唐伯虎家,一见面唐伯虎便说:"老兄来得正好,我有一个四字谜,你若猜得出,我请客;若猜不出,恕不接待。"说毕,吟诗一首:

言对青山青又青,两人土上说原因。
三人牵手缺只角,草木之中有个人。

祝枝山听罢,笑道:"那就请倒茶吧!"他猜中了,这首诗谜的四个字正是"请坐奉茶"。

中华字谜第一碑

在浙江与虞舜遗迹隔江相望的上虞曹娥江畔,有一座气势雄伟的古庙,它就是为纪念东汉孝女曹娥而兴建的,叫做曹娥庙,亦称孝女庙。庙中曹娥碑,为中华字谜第一碑,堪称谜坛一绝。

相传,汉安二年(143)的端午节,居住在舜江之畔的曹娥之父曹盱,与乡人迎潮神伍子胥,驾舟逆流而上,不幸被水所溺,不得其尸。时曹娥年十四,为寻父,沿江哀号,历七昼夜不得,遂投江而殉。五日之后,曹娥身背父尸,浮出江面。观者塞道,千夫失声,声动国都。这就是流传至今的孝女投江觅父的故事。虞人为纪念她,改舜江为曹娥江,这个地方亦改名为曹娥。

在曹娥殉难后的第八个年头,即汉元嘉元年(151),上虞县令度尚为曹娥建庙立碑,碑上刻诔文一篇,以彰孝烈。据传,诔文为度尚外甥邯郸淳所撰。邯郸淳系当时才子,受命后文不加点,一挥而就,文采飞扬,一时声震文坛。

汉议郎蔡邕,为访求王充遗作到上虞,慕名前来观碑。夜深人静,月色朦胧,蔡议郎以手摸碑而读之,叹为奇文,忙索笔在碑阴写下了"黄绢幼妇,外孙齑臼"八字,以赞颂这篇碑文。观者均不解其意。

曹操是蔡邕的好友,而殉难曹娥又出自曹氏之门,故对此碑十分重视。一次,曹操见到碑文,询问主簿杨修是否破解了蔡邕的意思。杨修称已解。好胜的曹操要杨修暂且勿言,待己思之。马行三十里之后,曹操突然省悟,原来是"绝妙好辞"四字。原来,"黄绢"者,色丝也,隐"绝"字;"幼妇"者,少女也,为"妙"字;"外孙"者,女之子也,藏"好"字;"齑臼"者,齑是姜蒜调料之碎末,味辛,捣烂这些东西之臼谓"受辛之器","受"字旁加"辛"为辤,是"辞"的异体字。

蔡邕的题词,使曹娥碑成了中国最早的字谜碑,一直受到后世谜家的推崇。人们还把这种形式的谜语称为"曹娥格"。从此,曹娥碑名传千古,历代墨客骚人纷纷来曹娥庙为碑事做文吟诗,临摹碑帖。罗贯中、曹雪芹等小说大家,还把碑事写进自己的作品之中。

曹娥碑流传甚广,影响颇大。日本有不少学者专家对曹娥碑潜心研究,并有论文见于报端。来曹娥庙观光之港澳台游客,对字谜碑更是情有独钟,从中领略中华文化之博大精深。在游览之余,他们大都要带上几件曹娥碑的拓本，以作留念。可惜原碑已失，今碑为宋元佑八年（1093），王安石之婿蔡卞据汉碑旧藏本诔辞重书。

有趣的高考"谜题"

内地近几年的高考中,曾有三次将谜语列为试题。众多的考生面对谜题束手无策,有些人认为这是专出偏题刁难考生。其实,考试出此类题目不从今日始。

30年代初,清华大学教授陈寅恪在一次国文考试中增加了一道对联谜题。上联是"孙行者"三字,要考生答出下联。

上联这三个字是《西游记》中孙悟空的别名。许多考生一见,大吃一惊,因为他们从未料到会出这样的试题,再说,就是作对联,古往今来也未曾见过单独用人名作对的。更有一些考生认为,堂堂国立大学考试,竟以旧时科举考试的办法出偏题,实不应该。这可难倒了众多学子。有个考生更为不满,一气之下竟在"孙行者"联下写上"王八蛋"。

但是,这道题是非做不可的,试卷上已经特别注明了。学子们没有办法,只好乱答一气,试试碰碰,也许能侥幸得分。于是很多学子搬出了《西游记》中的人名和妖名来,诸如"猪八戒"、"牛魔王"、"沙和尚"等等,无奇不有。

自然,这些考生都吃了零蛋。只有一名考生在"孙行者"的下面对出"胡适之",得了满分。不过,这个考生也未答出原定答案"祖冲之"。

此题以"胡适之"对"孙行者",虽不如"祖冲之"更妙,但也有一定道理。"胡"、"孙"都是姓,"行"与"适"都是动词,而"者"与"之"又都是文言虚词。

事后,社会上很多人对陈寅恪教授提出了诘难,教育界的人士们也议论纷纷,批评陈教授在出考题上"开倒车"。自此以后,再也没有人以对联为试题了。

40年代末,某大学招生考试有一道数学题,题为:

三角几何共八角;三角三角,几何几何?

这道题难倒了考生,无人答出。其实,这道题如不从谜的角度来审题,而用加减推算法来做,恐怕连二三年级的小学生也能答出来,此题巧妙地把数学名词"三角"、"几何",与货币的"三角"、疑问词"几何"相互混淆,煞是迷人。正确答案应为"五角"。因为此题的题意是"三角加上多少是八角"。

50年代初,有一年高考数学题为:

南京的白菜多少钱一斤?

这也是个"谜题",它把计量词"钱"和货币"钱"相互混淆,题意为"一斤等于多少钱"。而题中的"南京的白菜"则是拟题者故意用来引开考生视线的"障眼法"。这道题的答案应是"一百"。因为,一百钱为一斤也。

巧用谐音兆吉祥

人们总是向往美好,希望人生之路吉祥如意,心想事成。汉语中有许多谐音字,音同字不同,意思也不一样。人们巧妙地利用这个特点,演变出许多耐人寻味的吉祥用语来。

利用谐音制作吉祥图画,在民间最为广泛。例如在一张年画上画上鲤鱼和莲花,除了可以欣赏鱼肥花艳外,莲和鱼寓有的"连(莲)年有余(鱼)"的含义,还为百姓带来了最美好的祝福。

在贴对联时,人们往往还在门上倒贴一个"福"或"喜"字,人家一看就说:"呀!福到(倒)了,喜到(倒)了!"

过去,在宫殿和一些官吏、富户家里,经常可看到五只蝙蝠围着一个寿字的图案,这叫作"五福(蝠)捧寿"。用"蝠"代"福",比直接用"福"字显得更具艺术性。如果画的是一只蝙蝠口衔一枚铜钱,即表示福(蝠)在眼前(钱);如果蝙蝠是红色的,则表示洪(红)福(蝠)无量,更是大吉大利了。

一些仕宦人家，总希望世代做官发财，常常挂猴子骑马的图画，寓意为"马（马）上封侯（猴）"。如果画的是猴骑在猴的背上，则表示"辈辈（背）封侯（猴）"。

雄鸡作为一种吉祥动物，深受画家和人们的欢迎。公鸡鸣叫含有"功（公）名（鸣）"之意。某些望子成龙的人喜欢挂雄鸡引颈长鸣的画，那是期待子女将来功成名就。

在某种特定的日子或者人们相互赠送礼品、纪念品时，巧用谐音祝福的例子也是很多的。比如结婚时，人们要往被子里或枕头里放红枣、花生、桂圆、瓜子或栗子，表示"早（枣）生（花生）贵子（瓜子）"或"早（枣）立子（栗子）"。新房里挂的画，往往是莲子桂花图或蝙蝠石榴图等，意为"连（莲）生贵（桂）子"和"多子（石榴籽多）多福（蝠）"。还有，为了祝福新婚夫妇和睦相处，白头到老，人们就在嫁妆盒里放上一面铜镜和一双鞋子，表示"同（铜）偕（鞋）到老"。在入洞房时，让新郎新娘吃一些蜂蜜和米面做的点心，表示"甜甜蜜蜜"。

当人们翻建新房子、喜迁新居时，亲朋好友前来祝贺，在礼品中，鸡和鱼是绝不可少的，因为这两样礼物有"吉（鸡）庆有余（鱼）"、万事如意之意。如送图画，应送画有柏树、柿子和橘子的画，以示住新房后"百（柏）事（柿）大吉（橘）"。

如果要为长辈或朋友祝寿,则选用有绶鸟(火鸡)、梅花和竹子图案的画,叫作"齐眉(梅)祝(竹)寿(绶)";或者是画有水仙花和寿石图案的画,叫作"群仙(水仙)拱寿"。

药名谐音表情意

明末,清兵入关,占据北京后准备进军江南。当时江西巡抚郭某有一位在北京的同僚得知消息后,想写信告诉郭巡抚及早离开江西,但又怕信件被清兵查获,便派两个家丁带一盒礼品日夜兼程送去。郭巡抚打开礼品盒一看,上层装的是红枣,往下依次是梨子、生姜、西瓜。郭巡抚面对这四种礼物,思忖一番顿时领悟到朋友是让他"早离江西"。郭巡抚对此万分感激,便托来人也捎回两味中药,一味是"蚕蛾",另一味是"蝉蜕"。"蛾"谐音"我";"蝉"又名"知了",连起来的意思就是"我知了"。送走来人后,郭巡抚马上离开衙门回故乡隐居,躲过了劫难。

多少年来,我国民间出现了许多巧借中药名写信表达情意的故事,这也反映了老百姓的智慧。

南宋抗金名将辛弃疾,在抗金前线用中药名写了一首《定风波》,作为给妻子的信:

静夜思，云母屏开，珍珠帘闭，防风吹散沉香。离情抑郁，金缕织硫黄。柏影桂枝交映，苁蓉起，弄水银塘。连翘首，惊过半夏，凉透薄荷裳。一钩藤上月，寻常山夜，梦缩沙场。早已轻粉黛，独活空房。欲续断弦，未得乌头白，最苦参商。当归也，朱萸熟，地老菊花荒。

这首词很独特，是用二十五味中草药名写成的。辛弃疾的妻子收到信后，也用中草药名写了一封回信：

槟榔一去，已历半夏，岂不当归耶？谁使君子，寄奴生绕他枝，令故园芍药花无主矣！妾仰视天南星，下视忍冬藤，盼来了白芷书，茹不尽黄连苦。豆蔻不消心头恨，丁香空结雨中愁。人生三七过，看风吹西河柳，盼将军益母。

回信用十五种中草药名写成，柔肠百转，意味悠长。

以中草药名写信，古已有之。从前有位年迈的母亲，他的儿子在外两年多没有回家。母亲日夜思念，寝食不安，于是请村里的老中医代笔给儿子写封家信。儿子收到信，十分惊讶。原来，信上只写了四味中药："知母、乳香、当归、熟地。"儿子仔细一想，恍然大悟，便匆匆赶回家看望母亲。原来这封信的意思是："你应该知道，母亲是用又甜又香的乳汁把你哺育大的,现在应该赶快回家来看望母亲。"

清末有一女子,其夫远行在外,久不归里,她遂以中草药名写信致丈夫。丈夫阅后,马上挥笔回书作答:

> 红娘子一别,桂枝香已凋谢矣!几思菊花茂盛,欲归紫苑。奈常山路远,滑石难行,姑待苁蓉耳!卿勿使急性子,骂我曰苍耳子。明春红花开时,吾与马勃、杜仲结伴返乡。至时有金银相赠也。

此信也以中药名联句,备述出门远行之艰,希望妻子体谅宥恕。

名人名字多趣味

古往今来,一些名人的名字(姓名、雅号、笔名)多有谜趣,说来颇有意思。

宋代的包拯,世称"包龙图"。在《铡美案》一剧中,有"包龙图打坐开封府"的唱词。在宋仁宗皇帝之前,没有一个人的官名叫"龙图","龙图"自包拯始。那么,这个官名是怎么来的呢?

原来,仁宗皇帝是李娘娘所生。李娘娘生下仁宗后,刘娘娘设下毒计,叫太监用一只狸猫换去,并在老皇帝面前进谗言,说李娘娘是个妖怪,生了一只狸猫。而刘娘娘把李娘娘的儿子说成自己生的。老皇帝一听,便把李娘娘打入冷宫(李娘娘后来逃到陈州),而把刘娘娘扶为正宫娘娘——这就是《狸猫换太子》的故事。老皇帝死后,仁宗做了皇帝。后来,包拯到陈州放粮,李娘娘闻知,向包拯告状,述说自己的冤情。后来,包拯为李娘娘伸了冤,仁宗把李娘娘接回宫。仁宗对包拯非常感激,要对他特别嘉奖。奖什么呢？仁宗决定亲自为包拯画张像（仁宗平时酷爱绘画，擅长画人物）。因为这张像是皇帝画的，皇帝的尊称是"龙"，故称"龙图"。"龙图"不是随便可以挂的，所以仁宗又御赐造一座楼阁，把"龙图"挂在里面，称为"龙图阁"，作为包拯的官府。后来，仁宗又封包拯为"龙图阁大学士"。自此，"龙图阁"就正式成为一种官职的名称，包拯也就叫"包龙图"了。

明代书画家唐寅（唐伯虎）在题诗作画时，常常隐其真名。他有个题款："只在康宣两字头。"这个题款犹如一则离合体灯谜。"只"字的"口"与"八"，分别与"康宣"二字的上部分组合起来，不正是"唐寅"二字吗？明代文学家徐渭常用"秦田水月"的印章钤款。因为"秦"拆开后为"三人禾"，扣合"徐"字；"田水月"则可合为"渭"字。多么巧妙的名字谜！

老舍先生原名舒庆春，又起了个名字叫"舒舍予"，即把自己的姓拆成"舍予"二字，意为放弃私心和个人利益，这与灯谜的离合体并无二致。文学家曹禺原名万家宝，笔名曹禺。有人问他这个笔名有何含义，他说："我姓万，这个万（萬）字，草字头下一个禺。写文章总得有个笔名，便将万字拆为'草禺'，但'草'不像个姓，便取谐音来了个'曹'字。"诗人兼书法家沈尹默，原名君默，有好友跟他开玩笑："君既默不做声，要口何用？"他听了觉得有道理，便把"君"字的"口"省去，成了"尹默"。

音乐家聂（聶）耳原名聂守信。他天资聪颖，幼年时就能够把听到的歌曲很快唱出来。因他耳朵好使，而他的姓又是三个"耳"字组成，大家便叫他"耳朵"。后来他从事专业创作，索性将名字改为"聂耳"。

京剧大师周信芳的艺名叫麒麟童，来历也很有趣。1904年，十岁的周信芳跟戏班到上海演出，由于他是七岁开始登台的，所以当时的艺名叫"七龄童"。写海报的老先生是上海人，北京话里的"七龄童"和上海话里的"麒麟童"发音十分接近，老先生听了前台管事报的艺名，认为就是"麒麟童"，便写了贴了出去，从此这个艺名便代替了"七龄童"。

"书通二酉"源何处

"学富五车,书通二酉",是说一个人读书读得多。

"二酉"实际是个藏书的地方,那么,它究竟在哪里?若干世纪以来众说纷纭。《辞源》问世后,对"二酉藏书"作了较明确的注释:"二酉,指大酉小酉二山,在今湖南沅陵县西北。《太平御览·四九荆州》记:小酉山上石穴中有书四卷。相传秦人于此而学,因留之。后称藏书名二酉。"这就清楚地告诉我们,二酉藏书在湖南沅陵县西北的二酉山洞。

准确地说,二酉山本是一座山,并不是古人所说的大酉、小酉两座山。发源于四川酉阳县的酉江和源于湖南古丈县的酉溪河,在这座山西面汇合,故名此山为二酉山。

二酉藏书洞,深藏在悬崖峭壁的正当中。要想入洞,须通过一段段风化脱落的岩基路,路道窄得只容半边脚落地。扒岩贴壁,牵藤拽葛,心悬悬、胆怯怯才能上去。爬上去,在一个不到一米宽的长形台阶上,矗立着四块大石碑，上面分别刻着古、藏、书、处四个斗大的楷体字，旁边还有一行小字："清光绪庚寅年（1890）湖南督学使者闽张亨嘉书。"

在古藏书处的石碑后面，是一丈多高笔直的岩壁，须绕道爬行，才能找到二酉藏书洞，洞口宽阔，洞内敞亮，在洞两三步处，地面有一块很大的平板石，就像是当年有意放在这儿的，可以用来下棋和吃饭。藏书洞是一个天然的石洞。相传尧时，善卷隐住过此洞。它岩层坚固，底似钢筋水泥地板，顶呈波浪形的花纹。几千年来无裂缝，也无风化脱落，真是"玉屏为顶，莲花为座"，宛如仙境。在洞口的正当中，当年有一块高大的石碑记岩。记岩记藏书之由，由于年代久远，字迹磨灭。现在碑岩已不复存在。山洞的洞身由半山腰舒展内进，而后倾斜向下延伸，进洞十五米处比较宽敞，相传藏书就在右侧。右侧的石台阶上，当年有"藏书箧"。洞的上方有炼丹池。炼丹池岩缝里常年喷水，清澈明净。继续深入，不少地方已倒塌，显得阴森森的。相传，洞的尽头通向酉江河底，前人游览时，贴壁侧耳，可以听到江面上的篙橹声。

站在二酉洞洞口，前方是起伏如涛的群山，脚下是奔腾不息的酉水，那古老的传说犹如风涛之声远远传来：相传秦始皇焚书坑儒时，两个"秃发老儒生"偷偷将家存一千多卷竹简打点成箱，从咸阳经河南日夜南奔，然后经洞庭湖，再沿沅水转酉水逆江而上，最后藏在这"鸟飞不渡"、"兽不敢临"的二酉山山洞里。之后,这两个秃发儒生隐居此处,长日与书为伴。两人除在洞内下棋外,一个揣罐顶钟,操练武功,一个化水炼丹,求神成仙。即使偶尔下山,也要留下一人站在洞口,手持刀棒。正是"二酉奇篇人鲜识,焚书翻遣书遍存"。

此后,历代朝廷都把"二酉藏书洞"列为一大圣迹。历代都有达官显贵、文人墨客专程到二酉山访古朝圣。

"三味"与"三昧"

读过《从百草园到三味书屋》的人都知道,鲁迅先生从十二岁至十七岁在"三味书屋"读书。"三味书屋"是个三开间的小花厅,厅正中挂着"三味书屋"匾额,两旁屋柱上还有一副抱柱对:

至乐无声唯孝悌,
太羹有味是诗书。

匾额和抱柱对都出自清代著名书法家梁同书之手。

"三味书屋"原来是塾师寿怀鉴(字镜吾,晚字镜湖)的书房。寿怀鉴老先生在"三味书屋"坐馆执教六十载,桃李满天下。"三味书屋"原名叫"三余书屋",系寿怀鉴的祖父寿峰岚定名,取"为学者以三余"之意。清末,寿峰岚把"三余书屋"改为"三味书屋"。

"三余"是个典故,三国时期的董遇曾言:"冬者岁之余，夜者日之余，阴者晴之余。"这也是寿怀鉴先生对学生常说的话，意在勉励他们利用一切空余时间勤奋读书。晋代陶渊明的《感士不遇赋序》言："余尝以三余之日，讲习之暇读其文。"宋代的苏东坡也很赞赏"三余"之说，他曾做诗抒写利用空余时间读书的乐趣："此生有味在三余。"后来，人们便以"三余"泛指闲暇时间。

"三味"的含义，据曾在"三味书屋"教过书的寿洙邻（寿峰岚之曾孙）说："三味取义，幼时听父兄传言，读经味如稻粱，读书味如肴馔，诸子百家味如醯醢。但已忘其出于何书。"后来，有人考证，"三味"出自宋代李淑的《邯郸书目》。该书说："诗书味之太羹，史为折俎，子为醯醢，是为三味。"太羹指肉汤；折俎指帝王士大夫宴礼时，将牲体肢解折而盛于俎（俎是盛牺牲的礼器）；醯是醋，醢是鱼肉做的酱，乃调味品。这是把诗、书、子、史等书籍比喻为佳肴美味，说它是很好的精神食粮。后来，人们把它引申为再三体会、玩味诗书等含义，谓"三味"。

现在，有人常把"三味"与"三昧"混淆，以为"三味"即是"三昧"。其实，这是个误会。"三昧"并非是汉语词语，它是佛家用语，是梵文的音译，有的也写作"三摩地"或是"三摩提"，意思是排除一切杂念，使自己的心神平静。这是佛家修行的重要方法。在《智度论》卷七中就有言："善心一处不动，是为三昧。"后来，又称解脱束缚为"三昧"。

唐代李肇的《国史补》中道："长沙僧怀素好草书，自言得草圣三昧。"《宋史》中的《李之仪传》中也说："之仪能文，尤工尺牍，（苏）轼谓之刀笔三昧。"后来，"三昧"又指事物的奥妙或诀窍。如对某事深有造诣或悟解其奥，谓之"深得其中三昧"，而不能说"三味"。

"鲁鱼亥豕"出笑话

古有"书三写,鱼成鲁"之谚,后来遂以"鲁鱼"指错别字。《红楼梦》中有言:"既是'假语村言',但无鲁鱼亥豕以及背谬矛盾之处,乐得与二三同志,酒余饭饱,雨夕打窗,同消寂寞。"《吕氏春秋》上说,孔子的学生子夏到晋国去,路过卫国时听到一位读书人念"晋师三豕过河",觉得很奇怪。他想:军队带着几头猪过河干什么?子夏到晋国一打听,方知篆书"己亥"与"三豕"写法差不多,抄书人给抄错了。后来人们便把字形相近而误读者称为"亥豕之误"。

"鲁鱼亥豕"的笑话古今皆有之。

元代有个县官审案,阅过一份案卷后大声叫道:"都上来!"原告郁工采、被告齐卞丢和证人何爷便一齐上堂。县官怒斥道:"本官令原告上堂,谁叫你们都进来?"衙役知道他将字认错了,便打圆场说:"老爷,原告的名字还有一种读法叫'郁工采'。"县官想,既然都进来了,就这么审吧。于是,他喊道:"齐下去!"那三人一听,一齐下了堂。县官又火了:"我令被告答话,你们为何都跑了?"衙役又对他说:"被告的名字也有另一种叫法,叫'齐卞丢'。"县官再不敢念名字了,问衙役:"这证人的名字怎么念?"衙役道:"何爺"。县官得意道:"我料定有另一种念法,不然我要念成'阿爹'了。"

有位县官听人说"半部《论语》治天下",于是把《论语》背熟,以备判案时选用。一次,一个偷席子的被押到堂上,县官一拍惊堂木:《论语》上说'朝闻盗席,死可矣',给我押下去斩首!"偷席子人心想:《论语》上说的是"朝闻道,夕死可矣",这昏官狗屁不通!《论语》上还有一句"夫子之道,忠恕而已",我何不将计就计?于是,偷席子的人说:"老爷,小人盗的不是席子而是钟。"县官若有所思地说:"《论语》上说:'夫子之盗钟,恕而已。'那就放了他吧!"

旧时有两个秀才走到一座文庙前,就庙门上的两个字发生争论。陶秀才说是"文庙",李秀才说是"丈庙",谁也不服谁。正好一个化斋的和尚路过,二人便请和尚评判。和尚吟诗曰:"吾到东庄去化齐(斋),文庙丈庙两相异。你们不是孔天(夫)子,我也不是苏东皮(坡)。"又有一次,李秀才收到一封信,信中说岳父"安然无恙"。李秀才不解地问陶秀才:"无恙者,无小孩也。我岳父明明有二子一女,怎么说'无恙'呢?"

据传,蒋介石也曾闹过"鲁鱼亥豕"的笑话。他担任黄埔军校校长时,一次点名把"许光熙"念成了"许光照",喊到第三遍时才有个学生站起来说:"报告校长,学生名字叫许光熙。"蒋介石很尴尬。幸好有个丁少尉解围:"报告校长,学生抄名单时写错了字,请处分。"蒋介石假惺惺地命人将这个少尉关了禁闭,可当晚他就用小轿车把他接出来,并一下子提拔为上校师长。

"风月无边"话"虫二"

在许多著名风景区的巨石上,都刻有"虫二"两个大字。笔者在山东的泰山、湖南的岳阳楼、河北的嶂石岩以及西湖岸边,都见到过。"虫二"是什么意思?缘何而来?众说纷纭,莫衷一是。

最流行的一说是清代乾隆皇帝的故事。

乾隆乙酉年(1766),风调雨顺,岁稔年丰,乾隆正值五十六岁盛年,于是决定封禅。是年初秋,乾隆来到泰山举行"封禅"大典。

一天晚上,乾隆带着几名大臣欣赏夜色中的泰山。此时正好月上东山,银光泻地,微风吹拂,香气袭人,恍如仙境。乾隆见状,不禁赞叹:"世间尽道皇宫好,哪知美景出天然!"

平时风趣幽默、敢与乾隆皇帝开玩笑的大臣纪晓岚说:"如此美景,不应辜负,圣上应当有所题留。"

乾隆点头表示同意,但千头万绪,一时竟无从写起,提笔许久不能落墨。

纪晓岚看着泰山月明风清的美景,有意提醒乾隆,连声称赞:"此景乃无边风月,风月无边!"

听了纪晓岚的启发,乾隆顿时来了灵感,大笔一挥,写下了"虫二"两个大字。

这很奇妙。"虫二"二字外边各加两笔,便成了"风(風)月"二字,故而"虫二"读作"风月无边",以此来形容一方绝胜。

关于"虫二"的由来,还有其他传说。据说,吕洞宾成仙前,几举进士不第,便云游天下。吕洞宾登上岳阳楼,下瞰洞庭湖,被"衔山吞水,气象万千"的景象所感染,便提笔在墙壁上题了"虫二"二字。宋代大文学家苏东坡也为西湖美景题过"虫二"碑。

更有趣的是关于唐伯虎的传说。《葵仙琐记》中有这样一个故事:江南才子唐伯虎"题妓湘云冢匾云:'风月无边',见者皆曰美"。去湘云家的公子哥们皆以为是一句颂词。可是祝枝山却说:"此嘲汝辈为虫二也。"虫二,古时指鸟和鼠。唐伯虎、祝枝山把"虫二"词作了别解,将逛青楼的花花公子们喻为"虫二",可谓讽刺得入骨三分。

"虫二"是"风月无边",如再有两字与之相对,岂不更妙?后来,果真有人为"虫二"对出了两个字:??。这真是一副奇妙的对联,上联是"虫二"(风月无边),下联是"??"(年华有限)。"无边"对"有限",自然界的"风月"对人世间的"年华";上联是减笔画字,下联是加笔画字,而且平仄完全对仗。这副对联告诫人们:自然风光是无边的,而人生却是有限的。游玩者游览时可以尽情,但在玩过之后,一定要珍惜时光,加倍努力。

"藁城"之"藁"字趣谈

藁城市是河北省的一个县级市,前些年还一直叫藁城县。因这个县工业发达,又是北方有名的"鸭梨之乡",故改为市。藁城市位于河北省东南部,在石家庄市东三十公里处,有七十二万人口,面积约八百三十平方公里,历来是商贾云集之地。

然而,在商业往来或日常生活中,"藁城"之"藁"字却带来了许多麻烦,许多人不知"藁"字如何读,更有许多人将"藁"字误写成"蒿"、"搞"、"?"。笔者曾查阅过内地发行量最大、商务印书馆出版的《现代汉语词典》,对"藁"的解释也只有一义,曰:"藁城,县名,在河北。"别无他解。

一字仅一义,这在中国浩如烟海的文字中并不多见,这不能不说是一种很有趣的文化现象。就是这个"藁"字,千百年来不知难倒了多少学子。

据藁城县志载,藁城最早于西汉初年置县,后隋义宁元年（617）、宋开宝六年（973），及至元代初年，都为县郡。不过，在上述这些年代，藁城县之"藁"，均写作"？"，上边并无那个草字头。为什么后来由"？"变成了"藁"字呢？这里边还有一个美妙的传说。

相传，元代初年，藁城县有一位董阁老（亦传说为董文用）在朝为官。他为官期间清正廉明，心系百姓，经常为家乡排忧解难，深受百姓们拥戴。那个时候，藁城无战事，百姓们安居乐业。老百姓们一方面在城内大兴土木，修建城池，营建了高台庙等一批庙宇；一方面广植梨树，同时开发土特产，生产宫面，在北方销路很广。全县一派繁荣景象，老百姓丰衣足食，心气很高。

不久，藁城富庶的消息传到了京城，麻烦来了。朝廷认为藁城大兴土木，修筑城池，有"造反"的迹象。皇帝想："这还了得！小小的藁城县要搞独立，必须采取有效措施，要狠狠地惩罚一下藁城的老百姓。"然而，一时又想不出良策，若贸然行事又怕惹怒百姓，不好收场，更怕引起周围县郡的动乱。于是，皇帝找来董阁老一起商议对策。

董阁老是藁城人氏，自然是心向着藁城百姓。他想，老百姓大兴土木，广植农桑，栽培果树，这是富民之举，与"造反"风马牛不相及，皇帝真是昏庸透顶！但是，这些话又不敢直说，只好顺着皇帝之意想出一个"计策"，表面上是惩罚藁城百姓，实际上对百姓毫无伤害。他对皇帝说：这好办！要惩罚藁城百姓，就在"?"字头上加个草字头，成为"藁"字，让藁城只长草，不长庄稼，使百姓们常年挨饿，这不就是很严厉的惩罚吗？皇帝听了，点头称是。

这样，"藁城"之"藁"字便从元代沿用至今。

北京土话颇有味

活跃在老北京人口头上的土语,历史悠久,丰富多彩,生动活泼,趣味盎然。

以吃而论,文学作品比喻贪吃常用"饕餮"一词;到了老北京人嘴里,却说"带爪儿的不吃土鳖,带腿儿的不吃板凳"。大肚儿汉吃少量饭菜不足以充饥,遂曰"茉莉花儿喂骆驼"。已然酒足饭饱而仍不撂下筷子,则曰"眼饿肚饱"。已经吃得"顶了嗓子眼儿"而继续硬塞,则谓之"搬山"。

文学作品称好色之徒为"色鬼",近来又有人创造出"色狼"一词;而老北京人对此类人却说"爷儿们群儿里不走,娘儿们群儿里蹭痒痒",或者说"见着老娘儿们就拉胯"。"拉胯"亦土语,言其下肢有病走不动也。

文学作品对老于世故、逢场作戏者描写起来总要费些笔墨;老北京人只用一句话概括:"见着是六月,见不着是腊月。"六月者,言其热乎也;腊月者,言其冷冰冰也。

文学作品形容少女容颜美丽常要用很大篇幅；北京土语则只说"粉棠花儿似的"。文学作品对贫病交加、面有菜色者的描绘起码要用几十字；北京土语则只说"盖张纸哭得过儿了"。

文学作品描写大雨阴天景象用"天色阴沉"或"阴云密布"；北京土语则以"黑锅底"三字描绘，其生动形象不言而喻。文学作品每每使用"呼啸"、"凛冽"等词形容寒风；而老北京不识一丁的老太太们，却用"针鼻儿大的窟窿斗大的风"这句既对比又夸张的土语状冬日之寒风。

北京土语于形容的同时，兼有揶揄的味儿。例如形容人身材太高且笨重，便曰"接骆驼粪"；形容人矮小，曰"缩脖儿坛子"；形容人肥胖，谓之"一篓油"；形容人瘦骨嶙峋，则谓之"人灯"；形容办事糊弄，谓之"猫盖屎"；形容人际间离心离德、步调不一致，则谓之曰"牛蹄子，两半子"。

北京土语具有极其鲜明的爱憎感情，对不法商人在白酒、牛奶、豆浆等食品中肆意兑水的劣迹，必讽之曰"净跟龙王爷打交道"；对并无真才实学、侥幸成功而名声大振者，必讥之曰"猴儿屁股，大红大紫"；对房顶开门、六亲不认的狂妄之徒，则讥诮为"上炕认识老婆，下炕认识鞋"。

北京土语亦有很深的哲理性，耐人寻味。对大处不算计，小处锱铢必较的愚者，北京土语必言其"大篓洒香油，满地捡芝麻"；对积蓄虽多但只出不进的，则必以"大海架不住瓢儿舀"儆诫当事者；对办事毫无准备、临阵磨枪者，老北京人必说"现上轿子现扎耳朵眼儿"这句土话儿，那说话的口气，是善意的批评，亦兼有同情之心理。

言简意赅的北京谚语

北京的谚语，于通俗中不失修辞艺术之高超，或描摹，或比喻，或夸张，或对比，或对偶，妙趣横生，故能历久而不衰，迄今仍活跃于大众口头。

官不打送礼的，狗不咬喂食的。

这句对仗工整近似楹联的谚语，道破了昔日的官民关系，极其巧妙地勾勒出为官者贪贿无厌的本相，而和狗相提并论，则更见其辛辣的讽刺意味。仔细品之，实在绝妙。

忠臣不侍二主，好女不嫁二男。

此句谚言不仅对仗极工，而且以最通俗简练的文字阐明了为人者必须恪守的道德准则。老北京人对贰臣一向深恶痛绝,故对古刹中所供奉的关羽、岳飞等神像顶礼膜拜,虔诚有加。老北京人心目中的"好女",是指坚守贞操的那类。

宁给好汉子牵马坠镫,不给赖汉子当祖宗。

态度对比何其鲜明也!好汉子者,指德才兼备的人,为这样的英豪牵马坠镫,虽卑微而亦觉无上光荣;赖汉子者,言其无德无才且无魄力,若给如此鼠辈当祖宗,虽位尊而犹感羞愧矣!

不当家不知柴米贵,不养儿女不知父母恩。

饱含居家过日子的经验和人情至理,有苦涩,有辛酸,是过来人的自我醒悟,也是对晚辈的提醒与教诲。

好过的年节,难过的日子。

这是平民百姓感慨系之的一句常用谚语。年节花销虽大,但时间短暂,糜费有限;度日则细水长流,清晨一觉醒来,便需柴米油盐酱醋茶,样样不可或缺,样样离不开钱。而俗语说"花钱容易挣钱难",一年三百六十五天的日子,难过与否可想而知矣。日子既然难过,花钱就要精打细算,切忌挥霍无度,于是便有另一条警世谚语——"吃不穷喝不穷,算计不到就受穷。"

若要人前显贵,必须背后受罪。

指出了事业有成的必由之路。老北京人对饱食终日者常用"仨饱儿俩倒儿,死了臭块地"(仨饱儿者指早点、午餐和晚饭,俩倒儿者指夜晚和午间睡觉)这句话。

含着怕化了,捧着怕摔了。

言辞幽默,对那些溺爱儿女的痴心父母,真是绝妙的讽刺。而与其相辅相成的一句俗话是"要星星不敢给月亮",言其溺爱到了无以复加的程度。至于总以武力教育子女的严父们,挂在嘴边的一句谚语是"三天不打,上房揭瓦"。

俏皮北京歇后语

北京人爱说俏皮的歇后语,有些歇后语颇具地方特色。活跃于北京人口头上的歇后语,其条目之多,不胜枚举。其历时之久,数百年而不衰;且涉及人物、政治、名胜、民俗、宗教等诸多方面之故事,内容丰富多彩而趣味盎然。

西直门到海淀——拉啦!

这是旧时北京人力车夫常说的一句歇后语。西直门到海淀距离不远,是从市内去颐和园的必经之路。后来,人们常借用这句歇后语指代儿童大小便不知预先告诉家长。

二龙坑的鬼——跟上啦!

北京西城二龙坑,即前清郑王府附近,辛亥革命后,府邸售与中国大学为校址。此处旧时是一片荒地，俗名"乱死岗子"。凡清贫人家死了人，无力发送出殡，多将尸体用芦苇席卷裹埋葬于此。民间有"二龙坑闹鬼"的传说，夜间倘若必须路过此处，须三五成群结伴，又唱又喊以壮胆。

天桥的把式——净说不练。

北京天桥是旧时江湖卖艺人聚集的地方，其所练武艺，五花八门，有吞活蛇者，有吞宝剑、铁球者，有以头开砖者，有练刀枪把式兼卖大力丸者，有摔跤、耍中幡者……其实，天桥的把式并非净说不练，如吞宝剑、吞铁球、吞活蛇乃是真功夫，有时表演者竟在表演时口吐鲜血，其艰辛可见一斑。

打磨厂的大夫（医生）——懂得帽（董德懋）！

北京正阳门外往东有一条街，名叫"打磨厂"。当年在这条街路南有一位中医师挂牌应诊，此人姓董名德懋，医术一般，故有此歇后语流传。"懂得帽"乃北京俗语，意即什么都不懂，带有轻蔑的口气。

老太太上电车——你先别吹！

旧时，北京有轨电车每到一站停下，待乘客登车毕，售票员则以铜哨通知司机启行。有时，车将开时，老太太从后面赶来，招呼售票员莫吹哨。后来，此语成为讽刺"吹牛皮"者的话。

太和殿的匾——无依无靠。

这是康熙皇帝继位后，逐渐流传于京城的一则歇后语。康熙皇帝为避免皇子争夺帝位而招致萧墙之祸，一改退位前公布继承人之旧制，而将诏书存放于太和殿匾额后面，待临死或退位时当众取下宣诏。文武大臣于宣诏前，在复杂而残酷的政治斗争中不知依傍哪位皇子，首鼠两端，莫衷一是，因此虑及将来仕途深感无依无靠。

宛平城里做知县——跪着的差使。
宛平城的知县——一年一换。

这两则歇后语，迄今仍被上了年纪的老北京们津津乐道。

宛平城位于北京西南，乃咽喉要道，是拱卫京师之重镇。按明清旧制，京师城区分别划归宛平县和大兴县管辖，中轴线以西，皆属宛平县界，以东皆属大兴县界。

明清两代时，上自皇帝下至朝廷重臣，凡赴西南各省办事者，皆出入宛平城。京官出行，朝廷在此为其饯行，知县须跪迎跪送；外埠封疆大吏进京先在宛平城落脚，知县亦须跪迎跪送，丝毫不敢怠慢，故有"跪着的差使"一说。

宛平县管界内的先农坛，特为皇帝辟有一亩三分地，供其每年春季来此耕耘，以皇帝亲事稼穑而告诫臣民莫违农时。秋收后，知县照例须向皇帝征税，以示皇帝带头遵纪守法。而七品知县胆敢向皇上征税，又有欺君犯上之罪，按律当斩，姑念其为国家收税，死罪可免，而官是绝对不能再做了。皇帝交税后，即为宛平知县罢免之时，久而久之遂成定例。

东岳庙的匾——善恶有报。

此条歇后语，在地道的老北京人心目中，可谓刻骨铭心，没齿不忘矣。

东岳庙坐落在北京朝阳门外神路街。始建于元延佑六年（1319），为道教正一派大宗师张留孙自资兴建。张留孙事未竟而身先死，后由其弟子吴全节继续修建。元末惨遭兵燹。明正统年间重建，扩大东西两庑，设七十二司。

七十二司皆有司名，按职掌可分为七大部分，其一为东岳大帝行政部分，包括官职司、都签押司、掌曹史司等十二司。其二为都察调查记录部分，包括掌都察司、词状司、生死司等七司。其三为磨勘逮捕及划分善恶部分，包括磨勘司、勾生死司、追取罪人照证司等六部分。其四为定案及核案善恶并起诉部分,包括善报司、修功德司、行污司等二十六司。其五为审判部分,包括推动司、枉死司等四司。其六为执行部分,包括现报司、速报司、化生司等十八司。其七为压制管理游荡者部分,包括魍魉司、精怪司等三司。

举凡七十二司,各司其职,善恶有报,人们深信无疑,故有上述之歇后语广为流传。

北京胡同改雅名

俗话说"北京小巷多如牛毛",虽不无夸张,北京胡同之多倒是事实。北京很多胡同名称还是沿用元明两代之旧名。辛亥革命以来,北京的胡同名进行了重大改革。据统计,前后改过的胡同名达三百条之多。

首先是有关动物名称的地名被改了,这是因为随着时代的变迁,这些地名已失去了原来的含义。如马圈、牛圈、羊圈、牛角、马尾、驴蹄等地名,今日都另起了新的名字。

且说带"尾巴"的胡同是怎样改的。如羊尾巴胡同改成扬威胡同,狗尾巴胡同改成高义伯胡同,猪尾巴胡同改成智义伯胡同,猴尾巴胡同改为侯位胡同,马尾巴胡同改成慕义胡同,等等。

其次带"肉"字的胡同名亦都改了。如驴肉胡同改成礼士胡同,羊肉胡同改成洋溢胡同,熟肉胡同改成输入胡同,生肉胡同改成寿刘胡同,灌肠胡同改成官场胡同等。

另外,带"毛"、"皮"、"猪"、"粪"等字的胡同名称也改了。如羊毛胡同改成杨茅胡同,猪毛胡同改成朱茅胡同,臭皮胡同改成受壁胡同,臭皮厂胡同改成寿比胡同,牛蹄胡同改成留题胡同,母猪胡同改成梅竹胡同;粪厂大院改成奋章大院等。

带"虫"、"鸟"、"鸡"、"鱼"等字的胡同名称也改了。如鸡鸭市改成集雅市,鹰房胡同改成英房胡同,鸡爪胡同改成吉兆胡同,屎壳郎胡同改成时刻亮胡同,蝎虎胡同改为协和胡同,蝎子庙改为协资庙,干鱼胡同改为甘雨胡同等。

再有就是有关人体的胡同名称改了。如嘴巴胡同改成醉芭胡同,胳膊胡同改成华百寿胡同,大脚、小脚胡同改为达教、晓教胡同,罗圈胡同改为罗贤胡同,心尖胡同改为新建胡同等。

还有就是带有人名的胡同名称改了。如姚铸锅胡同改为尧治国胡同,张秃子胡同改为长图治胡同,王寡妇胡同改为王广福胡同,沙锅刘胡同改为沙锅琉璃胡同,豆腐陈胡同改为豆腐池胡同,汪太医胡同改为汪太乙胡同,宋姑娘胡同改为颂年胡同,张皇亲胡同改为尚勤胡同,等等。

还有,有关服饰、器皿的胡同名称改了。如裤子胡同改为库司胡同,裤腿胡同改为库堆胡同,烟袋胡同改为燕袋胡同,荷包厂改为河泊厂,原筒胡同改为源通胡同,轿子胡同改为教子胡同,汤锅胡同改为汤公胡同,锅腔胡同改为罗强胡同,等等。

还有,从名称别致方面改动的也较常见。如劈柴胡同改为辟才胡同,干井胡同改为甘井胡同,井儿胡同改为警尔胡同,佟府胡同改为同福胡同,烧酒胡同改为韶九胡同,廊房胡同改为良乡胡同,油炸鬼胡同改为有果胡同等。

更名是多种多样的,大多是把"下品"名称一个个地改为"上品"名称。

改俗为雅本为好事,令人遗憾的是,有些胡同名称改过之后,雅则雅矣,但原来特有的历史风貌、乡土气息反而体现不出了,使人有"齐固失之,楚亦未为得也"之憾。

有些胡同名原指代前代衙署或机构,改后意义全失。如内府库改纳福胡同,内官监改恭俭胡同,浆家房改蒋养房,奶子府改乃兹府,只求音近意雅,却无法反映其历史风貌。

以前代人名作为巷名的,改后不知所云。如张皇亲胡同是明代天启皇后的娘家,改尚勤胡同;吴良大人胡同因明将吴良曾住于此,改无量大人胡同;噶礼胡同本清初总督噶礼旧宅,改嘎哩胡同;佟府夹道是清初国戚佟姓故居,改同福夹道;张秃子胡同当是诨名张秃子的平民所居,改长图治胡同。

有些富有生活气息的胡同名称,改后面目全非,且易产生误解。如猪尾巴胡同改智义伯胡同,狗尾巴胡同改高义伯胡同,让人误以为此处原为王侯人家。后者还有一个小插曲:已故某作家曾指出"高义伯"一名欠妥,以为"后人不知高义伯之原语,或将以为有拾金不昧之义人曾住此地,且将编故实以实之矣"。作家的话幽默而中肯。

有的胡同改后过于典雅。如擀面杖胡同改廉让胡同,桶子胡同改桐梓胡同,鹅爪子胡同改吉兆胡同,闷葫芦罐胡同改蒙福禄馆胡同。有的则一改再改,务求典雅而后快,如锥子胡同最初改追贼胡同,后来嫌"追贼"二字不雅驯,于是又改垂则胡同,可能是取"垂典则于后世"的意思,虽然典雅,但未免太文了。

胡同名称改动太多,还会使一些"少小离家老大回"的人寻不着故居旧地。这当然是另一个话题,不过行文至此,顺便说说罢了。

约定俗成儿化音

近年京味文学风靡一时。笔者偶和友人闲聊，由北京话的儿化音，谈到目前个别文艺作品，以及电台的广播节目，在儿化音的使用上多有不当，乃至失掉京味。其实，北京的儿化音自有其多年形成的特点，不能随意滥用。以北京的地名而言，同是一个字，就有儿化和不儿化之别，如果忽略了这一点，不加以区分，就不足以显示出地道的京味来。特举数例，以证一斑。

园：和平门外琉璃厂附近的东南园、东北园、西南园、西北园等胡同，"园"字不儿化。而与这些胡同近在咫尺的大小沙土园、前后孙公园，以及稍南的梁家园等，"园"字可儿化。

街：前门大街、地安门大街、杨梅竹斜街、李铁拐斜街、樱桃斜街、白米斜街、一尺大街等，"街"字不儿化。南长街、北长街、煤市街、兴隆大街、宽街等，"街"字可儿化。有的人这样解释：大的通衢如某某大街等，"街"

字不儿化。实则不然，如上举的一尺大街，在东琉璃厂与杨梅竹斜街之间，虽名大街，实际等于过道，名曰一尺，其短可知。可见街名儿化与否，并不在于大小。

寺：白塔寺、护国寺、能仁寺、净土寺、圆恩寺、华嘉寺的"寺"字不儿化。舍饭寺、给孤寺的"寺"字则儿化。有人认为白塔寺、护国寺等庙宇宏伟，"寺"字不儿化以示尊崇。言似有理，但也不尽然。如上举的华嘉寺，在西城锦什坊街，规模很小，但"寺"字不儿化。

庙：帝王庙、马神庙、火神庙、药王庙的"庙"字不儿化。宣武门外的三庙、五道庙，西单牌楼迤北的白庙、红庙的"庙"字则儿化。

房：油房、糖房、报房、大小酱房等胡同名的"房"字不儿化。东官房、石板房、饽饽房、妞妞房的"房"字则儿化。

口：阜成门内宫门口的"口"字不儿化。珠市口、菜市口、磁器口、蒜市口、山涧口的"口"字则儿化。

巷：东西交民巷、南北锣鼓巷的"巷"字不儿化。果子巷、陕西巷、南北柳巷、大门巷、方巾巷的"巷"字可儿化。

沿：西河沿、潘家河沿的"沿"字不儿化。南、北河沿与南、北沟沿的"沿"字则儿化。

池：金鱼池、莲花池的"池"字不儿化。豆腐池的"池"字则儿化。

桥：东大桥、高梁桥的"桥"字不儿化。太平桥的"桥"字则儿化。

段玉裁和他的《说文解字注》

张杜西京说外家,斯文吾述段金沙。

导河积石归东海,一字源流奠万哗。

这是清代著名诗人龚自珍称颂他的外公——文字大师段玉裁的一首诗。

段玉裁,生于清雍正十三年(1735),字若膺,号茂堂,又号砚北居士,江苏金坛人,清乾隆举人。曾任贵州玉屏、四川富顺、南溪、巫山等县知县。他的成就主要是对文字训诂学的研究,是中国历史上著名的文字训诂学家。

据江苏《金坛县志》记载:段玉裁六岁开始从祖父学《朱子小学恭跋》,"颖异有兼人之资","读书日尽数千言"。十三岁时补邑庠生。二十五岁时中举,在当时的大学者钱大昕家坐馆时读到顾炎武的《音学五书》,惊其考据之广博、治学之严谨,由此爱上文字训诂学,即拜当时文字训诂学家戴震为师，一头扎进文字学的研究之中。后来他任边陲知县期间，"每处分公事毕，漏下之鼓，辄篝灯改窜是书以为常"。他见到好书必购求，遇到佳著必过录，获有心得必著述，求知为学从不懈怠。多年宦游生涯结束，他回归故里时随身带回七十二只大木箱。乡人见之，误以为是钱财，皆欲借贷。他当众启封，原来所有箱笼之内，皆为书稿，求财者颇为失望。

他著述《说文解字注》（简称《说文注》）一书，根据汉代许慎《说文解字》体例和宋代以前群书所引《说文解字》词句，析疑正误，参照古书上所用字义，分部逐字阐明《说文解字》的说解和一字多义的由来，职系音韵和训诂，创通条例。据说有一次，他为了搞清几个字的形、音、义，在寒冬腊月，顶风冒雪，骑着毛驴由金坛到杭州的藏书楼去查询，来回费时两个月。当他返回金坛时，有人问他："您府上有七十二箱书，难道几个字还查不到吗？"他笑着回答："书到用时方恨少嘛。"又有人问："为这几个字吃这么多苦值得吗？"他听后正色道："一字之误，贻害千古；一字之正，造福子孙啊！"

乾隆五十九年（1794），段玉裁年届花甲，值《说文解字注》一书编著工作正紧张进行之际，他的右脚不慎跌坏，成了残疾之人。此后，他便愈发自励自强。他在给友人的信中写道："《说文解字注》三年必有可成，亦左氏失明，孙子膑脚之义也。"年过"耳顺"，他的健康每况愈下，但他直面艰辛，殚精竭虑，不懈不息。他曾痛切言道："吾似春蚕一般，茧未成而不能毙。"

就这样，《说文解字注》一书自乾隆四十一年（1776）动手，至嘉庆十二年（1807）完稿，倾注了他三十余年的心血，书中详尽地解说了九千多个汉字的形、音、义。训诂大家王念孙将这部著述誉为自汉许慎后"盖千七百年来无此作矣"。

尤其可贵的是，段玉裁七十八岁时仍闭门披读二十一经等书，八十岁时还撰写老师戴震的年谱。他著述除《说文注》外，尚有《六书音韵表》、《古文尚书撰异》、《诗经小学》、《周礼汉读考》、《毛诗古文训定本》、《春秋左氏古经》和《经韵楼集》等。大学者阮元曾对段玉裁的学术成就予以很高评价："玉裁书有功于天下者三：言左音，一也；言《说文》，二也；《汉读考》，三也。"

王懿荣与甲骨文

清光绪二十五年（1899）秋，国子监祭酒、金石学家王懿荣患病，经医生诊治开了一个药方，上有一味药是中医常用的龙骨（此药可涩精补肾）。王懿荣打发家人到宣武门外菜市口鹤年堂药店买药。药买回后，王懿荣开包验看，无意间发现龙骨上有许多刀刻的符号。凭着多年金石研究的经验和敏感，他意识到龙骨上的刻痕应该是比自己所熟悉的钟鼎文还要早的文字。他立刻派人到鹤年堂及北京其他药店，采购那些刻有符号的龙骨。经过潜心研究，他断定这是殷商王室用来记载卜辞的甲骨文。这样，举世闻名的甲骨文就在偶然的机会被发现了。

甲骨文是中国最古老的文字，因它刻在龟甲兽骨上，故称"甲骨文"，又称"契文"。它大约诞生在公元前14至11世纪的殷商时期，属世界上最古老的文字之一。

最早发现甲骨的是河南省安阳郊区小屯村的农民，那是在光绪十七年（1891）。小屯村农民耕地时，经常发现一些带有符号的甲骨。当时,农民们随便将它们扔到地头河边。那时,村里有个剃头师傅李成,身上长了脓疮,无钱医治。有一天,他拾回地头的甲骨,碾成粉末,涂于患处,脓血马上止住了。他喜出望外,赶忙把这个消息告诉村民们,村民们都说这是"龙骨",纷纷把这种甲骨拿到药店去出售。从此,甲骨成了药店的中药材。小屯村农民之所以能在地里拾到"龙骨",是因为大约公元前1378年,盘庚把都城从山东迁至小屯。直到帝辛(纣)止,安阳作为商的都城共二百七十三年。商被西周灭后,这个都城逐渐废弃。历史学家把这一时期的都城旧址称为"殷墟"。

王懿荣在药店买到的有甲骨文的"龙骨",就是出自安阳郊区。只是,安阳郊区小屯村的农民并不知"龙骨"上有甲骨文。

自从王懿荣证实龙骨上有甲骨文后,商人想到甲骨将会身价百倍,因而对甲骨的来源一直秘而不宣。王懿荣一次从古董商手中购得十二片甲骨,每片二两白银,轰动一时。后来,他收集的甲骨达一千五百多片。

王懿荣,山东省福山县人,翰林出身,曾在上书房行走,为光绪师,兼国子监祭酒。王氏位高爵贵,在北京东华门外大街锡拉胡同十五号一处巨宅定居。

在王懿荣发现甲骨文的第二年(1900),八国联军进占北京,京城陷入一片混乱。王懿荣曾拟组练兵勇抗击入侵之敌,终以书生谈兵,停于纸上而作罢。八国联军在北京到处烧杀,曾闯进锡拉胡同王氏官邸抢劫。王见事急,命夫人和寡媳(王之长子早殇)先行投井,继将幼子、幼孙也投入井中,最后自己亦投井而死。幸有仆人在场,将两个幼儿抢救出井,护送到外寄养。《辛丑条约》签订后,慈禧太后追封王懿荣为"文敏公",并指定锡拉胡同王氏府邸为祠堂,奉祀不绝。

王懿荣死后,他的好友、《老残游记》的作者刘鹗,从王懿荣儿子手中购得那批龙骨,又不惜重金四处求购,一共收集龙骨达五千片。刘鹗在好友、金石学家罗振玉的怂恿下,1903年精选一千零五十八片甲骨文,影印出版《铁云藏龟》。这是中国第一部有关甲骨文的书。第二年,学者孙诒让根据《铁云藏龟》资料,写出《契文举例》一书。这是中国第一部考释、研究甲骨文的专著。后来罗振玉也著有《殷墟书契前编》,为甲骨文的研究奠定了基础。此后的学者王国维、郭沫若等,对殷墟甲骨都进行了卓有成效的研究,后来形成了一门有世界影响的学科——甲骨学。

甲骨文专家王襄

以河南安阳出土的龟甲兽骨研究殷墟文字和商周历史的甲骨学,已是人们熟知的一个科目。而最早发现甲骨的价值,致力于搜集研究工作的几个专家之中,王襄有着不可磨灭的功绩。

1925年,王襄以自藏的甲骨拓片影印编成《蒲宝殷契征文》一书。1933年,古文物收藏家罗振玉和历史学家商承祚先后在他们研究甲骨文的著作中引用王的研究成果;文史学家王国维《观堂集林》中,也征引了王襄研究甲骨文的资料。此后,王襄收藏甲骨及其研究成果始为世人所瞩目。众所周知,郭沫若是卓有成就的甲骨文专家之一。他根据甲骨文研究古代社会结构,1930年写成《中国古代社会研究》。当时他对王襄的甲骨文研究曾持怀疑态度,不敢轻信。他在书中说:"伪片之传播者在中国当推天津王襄的《蒲宝殷契征文》一书,此书所列几乎片片可疑,在未见其原片之前,作者实不敢妄事征引。"但1956年春,王襄在天津逝世，郭沫若为之题墓碑时，尊称他为"殷墟文字研究专家王襄"了。郭沫若对历史研究所研究甲骨的胡厚宣表示，当年怀疑王襄著录甲骨为伪片，如今深感歉疚。

清光绪二十四年（1898）冬，山东潍县古董商人范寿轩到天津向爱好收藏古物的王襄说，河南安阳出土不少骨板，不知何物。天津著名书法家孟广慧闻之以为是"古简"，促其访求。过一两年后，范寿轩几次带甲骨片来求售，但因索价昂贵，王襄只选购了少数小片。王襄经研究认出这是"龟板"，上面的画痕为一种古代文字，为殷商时期用以占卜吉凶的卜辞和有关纪事，是研究殷商历史极珍贵的资料，遂开始搜集摹拓，进行研究。甲骨文研究，实从此开始。当时出土的大片完整甲骨多被范寿轩以高价售给名公巨卿王懿荣，刘鹗、端方等人，世人遂以为这些人是最早发现和收藏甲骨的人，对天津王襄的贡献，却知者不多。

王襄字纶阁，出生于天津科第世家，青年时期即爱好古彝器，研究金石文字。自发现了甲骨，更潜心研究，终生不懈。1920年，王襄编著出版了甲骨文的字汇《室殷契类纂》一书，把甲骨文字按部首排列，共四千八百零七字。1925年又出版了以自藏甲骨拓本影印的《室殷契征文》，共刊图片一千一百二十五片，按文字内容分类排列。

王襄先生有一块自己刻制的铜镇尺，上面刻着"廉隅自守，正直平方，居恒持重，镇静而刚"十六字。这是他自励自律的座右铭。

王襄在燕京大学任教时，正是北平沦陷时期，他一心从事教学工作，洁身自爱，情操高洁，不与敌伪有任何交往。1941年，太平洋战争爆发，燕大关闭，王先生回到天津闭门读书。当时，日寇拼凑"大东亚书道展览"，想邀请王襄参加，以壮声势，遭到他的拒绝。

天津有一座古寺大悲院，当时修复完工后，王襄用篆书题写了"古刹大悲禅院"六字，刻在一方白石板上，悬在大悲院山门前。

抗日战争胜利后，物价飞涨，民不聊生。这时，王襄生计维艰，靠典卖度日，但对心爱的书籍文物，从来不肯出手。而在衣食不济的困境中，又写成《古文流变臆说》和《古陶残器絮语》等重要论文，发表在《燕京学报》上。

解放后，王襄先生担任了天津市文史研究馆馆长。1956年病逝，享年九十岁。

金文专家容庚教授

现代著名的金文专家容庚教授,字希白,广东东莞人,生于1894年。他出生时,其父为庆得子,写诗为祝,有"时局正需才,生男欲壮哉"之句,对儿子抱有极大希望。

容庚不孚家人所望,幼年在乡间跟舅父邓尔雅学习书法篆刻,即显露不凡资质。二十几岁时以研究金文所得编纂成一千二百余页的《金文编》,他持此书稿远离家乡广东,到天津求见研究古文字的权威罗振玉,深得罗振玉的赞许赏识,被介绍进入清华大学国学研究所做研究生,投在著名学者王国维门下,奠定了一生从事考古学和古文字研究的基础。

后来,容庚到燕京大学任教,并编辑《燕京学报》,又被聘为北京古物陈列所鉴定委员。

在此期间,容庚先后编著了《宝蕴楼彝器图录》、《武英殿彝器图录》、《海外吉金图录》、《善斋吉金图录》等书。1931年发表的《商周彝器通考》,对青铜器进行了系统性地科学研究，被学术界誉为商周彝器研究的奠基著作。当时，亡命日本的郭沫若正在研究古文字，曾写信向年仅三十七岁的容庚请教。容庚虽未见过郭沫若，却复信给以支持。二人书信往来，交流研究古文字的心得。后来郭沫若曾说："若是没有容庚的帮助，我走上研究金文的道路，恐怕也是不可能的。"

容庚从青年时期到满头白发，不论时势如何、个人处境顺逆，数十年如一日，每天坚持在书斋工作十多个小时。他博览群书，手不释卷，孜孜不倦于古代文化的探索研究之中。

容庚的女儿容琬和容璡，谈起父亲埋头钻研的精神常说："我们都笑父亲，仿佛有胶把他粘在书房的椅子上似的，每次吃饭时，都要一请、再请，才能把他请出来。"容庚也用这种废寝忘食的治学精神教育女儿们。他常说："好书不厌百回读。"

容庚从书法开始，转向金文、甲骨文和古文物的研究，晚年又转回来研究书法和绘画。在"文革"狂飙中，身处困境的容庚一头埋在碑帖研究中，最后完成了一部百万言的《丛帖目》，这是他晚年开拓的一个研究领域。

容庚于1983年在广州病逝，享年八十九岁。据说他逝世前将珍藏的商周青铜器、名贵书画以及藏书，全部捐赠国家博物馆和中山大学图书馆。

语言奇才赵元任

赵元任教授不仅是著名的音乐家,还在文学、数理、哲学等领域有突出成就,特别是在语言方面,堪称奇才。

赵元任具有非凡的语言天赋。据说,他的耳朵可以辨别各种语言,很细微的声调都可以分辨。在一星期之内,他就可以学会一种方言,做到能听、会说,并且说得很好。1920年,英国哲学家罗素到清华大学参观、讲学,赵元任做翻译。后陪同罗素周游全国各地,每到一处,他都用当地方言翻译。亲友见他语言方面极有天赋,纷纷鼓励他在这方面深造,于是是年年底他辞去清华教席,留洋专攻语言学。1922年,他进法国莎娜学院专门研究语言学。1925年回国后,他在清华担任的课程有方言学、普通语言学、音韵练习、中国音韵学、中国现代方言等。他还先后到江苏、浙江、江西、湖北、广东等省考察方言。1922~1948年,他先后发表语言学专著十四种,论文二十一篇。1948年以后,他在国外任教期间,用英文编写了《中国语字典》、《粤语入门》、《中国语语法之研究》、《湖北方言调查》等专著。50年代后期,他在台北作"语言问题"的系统讲演,后来讲稿汇集成书,由北京商务印书馆出版。此外,他还灌制了许多有关语言方面的唱片,单是中国华中、华南各省方言的唱片,就有两千多张。

赵元任不仅是一位汉语专家,据他自己说:"在应用文方面,英文、德文、法文没有问题。至于一般用法,则日本、古希腊、拉丁、俄罗斯等文字都不成问题。"特别是出国定居以后,他有机会遍游欧美各地,了解和学习各国各地的语言,语言水平简直是到了广通博达的地步。

赵元任是中国语言科学的创始人,关于他在这个领域里的成就,早在三十多年前,原中国科学院语言研究所所长、北京大学教授罗常培先生就作过这样的评价:"他的学问的基础是数学、物理学和数理逻辑,可是他于语言学的贡献特别大。近三十年来,科学的语言研究可以说由他才奠定了基石。因此,年轻一辈都管他叫'中国语言学之父'。"

现代名人之造字

文字,是记录语言的符号。汉字都是古人今人创造的。古代有造字癖的,当属武则天,她以皇帝的身份造过许多字,如"瞾"字,却没有流传下来。而现代一些名人造的字,至今还在运用。

刘半农造"她"字是著名的一例。我国古代汉语中没有"她"字,女性的"她"均写作"他"。《红楼梦》第十九回写宝玉和黛玉的一段话:"宝玉问他几岁上京,路上见何景致……"这里的"他",即指林黛玉。

刘半农认为,白话文的兴起,加之翻译介绍外国文学工作骤增,第三人称代词使用频繁,仅有一个不分性别的"他"是不够的。于是,1917年他在翻译英国戏剧《琴魂》时,试用自己创造的新字"她"。随后,为了表示第三人称中性,又使用"它"。1920年6月,他发表了《"她"字问题》一文,刊于上海《时事新报》上。1920年9月,在英国伦敦的刘半农写了著名的白话诗《教我如何不想她》,

将"她"字入诗。开始时虽遭到一些守旧者的攻击,但很快就流传开来,广泛使用。这在当时的文化界成为轰动一时的事情。鲁迅在回忆刘半农时说:"他活泼、勇敢,很打了几次大仗。譬如罢,答王敬轩的双鐄信,'她'和'牠'字的创造,就都是的。这两件,现在看起来,自然是琐屑得很,但那是十多年前,单是提倡新式标点,就会有一大群人'若丧考妣',恨不得'食肉寝皮'的时候,所以的确是'大仗'。"

"猹"字是鲁迅所造。在小说《故乡》中,有描写闰土在海边沙滩上抓月夜偷吃西瓜小动物的事。这动物音"查",但汉字中没有这个字,于是鲁迅造出了一个"猹"字。对这个字,鲁迅在1925年5月4日《致舒新城》中曾解释说:"'猹'字是我据乡下人所说的声音,生造出来的,读如'查'。但我自己也不知道究竟是怎样的动物,因为这乃是闰土所说,别人不知其详。现在想起来,也许是獾吧!"鲁迅还造了一个"伮"字,指女性,犹"她"字指第三人称的女性一样,读作"人"。同时,鲁迅还造了一个"蚟"字。1923年,学者顾颉刚认为夏禹是"晰蜥"之类的虫,鲁迅不同意这种说法。他于1927年5月17日给章廷谦信中说:"查汉朝钦犯司马迁,因割掉睾卵而发牢骚……"意思是说,如果夏禹是虫,那么司马迁也是虫了,故在"迁"字左加"虫"旁,以讽刺顾颉刚。

剧作家夏衍也创造了两个字,一个是"垮",一个是

"搞"。1939年至1941年，夏衍在广西桂林主持《救亡日报》时，在报纸上创造并使用"垮"和"搞"两字。这两个字在《康熙字典》中查不到，胡愈之曾问他，这两个字是不是自造的？夏衍说："这两个字是根据实际需要创造的，在报纸上试用后，被大家接受了。"1949年中华人民共和国成立后，这两个字流行全国，很快成了常用字。

"烤"字相传是齐白石所造。30年代初，"清真烤肉宛"饭馆请齐白石题字，齐白石想写"烤"字，可是当时字典上只有"烘"、"考"，他想到烤肉要火，便想出一个"烤"字。他担心遭人非议，就在"烤"字下边写了一行小字释道："诸书无'烤'字，应人所请，自我作主。"

"一字师"的故事

古代"一字师"的故事很多,不仅古时有,近代和现代也有"一字师"的故事。

著名文史大家郭沫若,创作有大型历史剧《屈原》,蜚声海内外。此剧1942年上演,本来剧本已精益求精了,但郭沫若还是边演边改。演出这天,郭沫若在后台谈及第五幕第一场,那场戏中有侍女婵娟怒斥投靠南后、背弃屈原的宋玉的一段台词,台词道:"宋玉,我特别地恨你!你辜负了先生的教训,你是个没有骨气的文人!"郭沫若针对这句台词说:"在台下听起来,这句话总觉得不够味,感情不够。"扮演婵娟的张瑞芳也有同感。郭沫若认为,似乎可在"没有骨气"之后再加上"无耻的"三个字。这时演员张逸生脱口而出:"侬我看,把'你是'改为'你这'就行。'你这没有骨气的文人',只改一字,就够味了。"郭沫若闻之,喜出望外,觉得这一字改得非常得当,犹如指着宋玉的鼻子痛骂。事后,郭沫若为此还专门写了一篇题为"一字之师"的短文。

京剧表演艺术家梅兰芳有一次率剧团到武汉演出《宇宙锋》。演出结束后,虚心的梅兰芳征求当地演员郭叔鹏的意见。

郭叔鹏对这出戏非常熟悉,早对赵艳蓉唱词中的一个字有疑问,现在梅兰芳当面征求意见,正中他的下怀。于是,郭叔鹏问:"梅先生,您扮演的赵高之女赵艳蓉,是真疯还是假疯?"

"您看是真的还是假的呢?"梅兰芳不知郭问是何意,只好反问一句。

郭叔鹏说:"我看,赵艳蓉应该是装疯,是假的。她装出来的疯像是为了蒙骗她的父亲。您听:'我只得把官人一声来唤,我的夫哇,随儿到红罗帐,倒凤颠鸾。'赵艳蓉把亲生之父当做自己的丈夫,还要拉他入罗帐,这在赵高看来,女儿是真的疯了。可是'随儿到红罗帐'中的一个'儿'字,却露出了破绽。赵艳蓉自称是'儿',显然她还知道对方是'父'了。这就不像疯话,这是神志清醒的表现。赵高不傻,凭这个'儿'字他很容易识破女儿是在装疯。而在戏中赵高并未识破(当然剧情要求,他也不能识破),这既不符合生活真实,也不符合艺术真实。"

梅兰芳大师听了这番话,深为赞许,说:"您提的'儿'字,确实是一个漏洞。"

郭叔鹏又进一步说:"依我看,改起来并不难,只要把'儿'字改为'奴'字就行了。'奴'是古代妇女的谦称,对谁都可以这样称呼自己。"

梅兰芳满意地说:"明天演出时我就将这句台词改过来。"说罢,梅兰芳亲笔为郭叔鹏题词,并郑重地盖上了自己的印章。

"幽默大师"林语堂

林语堂,福建闽南人,农家子弟。他不仅是世界闻名的文学家,还被誉称为"幽默大师"。

Hummour,英文义为:令人觉得有趣或可笑而又含深刻意义的言谈或举动。20年代,中国的一些名家对此语翻译各异,李青崖译为"语妙",陈望道译为"油滑",易培基译为"优骂",唐相候译为"谐穆",而林语堂别出心裁,取《九章·怀沙》中"煦兮杳杳,孔静幽默"句中的"幽默",后为大家接受,成为汉语中的新词汇。林积极倡导将"幽默"作为处世撰文的风格,因而受到各界人士的欢迎,有人竟把该年——1932年称为"幽默年"!后来几十年中,林语堂身体力行,在讲演、撰文中,常以动人心弦的诙谐语言警世。

林语堂长于辞令,善于讲演,特别是宴会后的即席讲演。有一天,他遇到这种场合,在推辞不掉的情况下,借题发挥,"幽默"了一番。他说:罗马帝国的皇帝残害人民,把人投在斗兽场中,让野兽吃掉。有一次,皇帝把一个人放到斗兽场中,让一头狮子去吃。这人见了狮子并不害怕。他走近狮子,在它身边轻轻说了几句,那狮子掉头就走。皇帝看了很觉奇怪,认为那头狮子肚中不饿,胃口不好。就另外放一只饿虎去吃他。那人仍旧不怕,走到老虎身边,向它耳语一番,那老虎也回头悄悄而去。皇帝大为惊异,盘问那人:"你究竟向那狮子、老虎说了一些什么话,使它们不吃你而走开呢?"那人回答说:"很简单,我只是提醒它们,吃我很容易,可是吃了以后,你得讲演一番呀!"听罢故事,大家方知讲演之不易。

一次,林语堂在美国哥伦比亚大学讲中国文化。他侃侃而谈中国文化之历史的悠久、内涵的丰富、影响的深远。一位美国女学生听后很不服气地问:"难道美国没有一样东西比得上中国的吗?"林语堂听后略一思索,马上回答说:"有的,有的,美国的抽水马桶就比中国的好!"全场捧腹大笑!

又有一次,林语堂应邀参加某学校的学生毕业典礼。与会的前几位发言者发言冗长,轮到林语堂时已是十一点四十分钟了。他抓紧时间,利用十分钟把话讲完后,灵机一动,便特别提高音调,借题发挥说:"绅士讲话,应该像女人的裙子,越短越好!"引得一阵哄堂大笑,几个讲长话者在笑声中对林语堂的批评深感有理,都心悦诚服。

1934年,林语堂一家赴欧,途经巴黎时,正逢"慕尼黑事件"发生。由于时局动荡，林语堂五天未能写作。事后，他幽默而辛辣地说："五天未写作，每天按损失二百元计，共一千元，我要找希特勒赔偿这笔损失。如希特勒对此态度不好，我还要他追加赔偿利息损失！"

刘赶三嬉笑怒骂皆成戏文

清末京剧名丑刘赶三经历了道光、咸丰、同治、光绪四个皇帝。他最初学老生,后来改演丑角。他以扮演《群英会》之蒋干、《钓金龟》之张义著称。他演出的许多剧目标新立异,尽扫陈书,嬉笑怒骂,借题发挥,成为轰动一时的京华名丑。

刘赶三平时讲究穿戴而不讲究吃饭。一日之内,早晨、中午、晚上气温不同,他就要换三次衣服;可是吃的,一般都是粗粮窝头。他自己养了一头小驴,上街时骑着,有时遇见了达官贵人的车子,他就故意骑在驴背上挡住去路。当对方愤怒地问他为何挡道时,他便从驴背上跳下来,垂手屈膝道:"小的,刘赶三也!"对方听了,哭笑不得,只好悻悻而去。

有一次,刘赶三演出《探亲相骂》,竟把自己的那头小驴牵到了舞台上。这头小驴因平时训练有素,竟很熟悉台步,还跑了个"圆场"。刘赶三因此名震京师,盛极一时。后来,慈禧太后知道了,便让他到宫里演出《探亲相骂》。刘赶三照样将小驴牵上舞台,慈禧太后观戏后很高兴,赏给小驴四两银子。

刘赶三举止随便,言谈诙谐,演出时经常借题发挥,插科打诨,嘲讽权贵。

同治初年,有一天,惇、恭、醇三位王爷到戏园子看戏。当时台上正演《思志诚》一剧,刘赶三扮演鸨母。嫖客来到妓院,鸨儿召唤妓女们出来接客。这时,刘赶三便在台上斜视着戏楼上坐着的三位王爷,然后高声叫道:"五儿、六儿、七儿,下来接客呀!"因为惇、恭、醇三位王爷分别排行老五、老六、老七,观众听得出是在嘲讽三位王爷,不由哄然大笑。而三位王爷呢,也听出是在讽刺自己,但表情不一:恭亲王喜欢诙谐,听了不以为然;醇亲王平时谨慎,听了很不高兴;惇亲王平时严厉,听后大怒道:"什么人敢如此无礼,把他抓起来,打他四十大板!"可是,当随从们到了后台,刘赶三早已逃走了。

同治甲戌年(1874)朝廷会试,出的题目是"君子坦荡荡"。考试之后,戏园里一些演员都来问刘赶三:"'君子坦荡荡'是何意?"刘赶三回答说:"'君子'是京官老爷的称呼;'坦'字是十一'旦';两个"荡"字里各含着一个'旦',合起来十三'旦'。'君子坦荡荡',也就是京官老爷看上了十三旦的意思。"(当时有一名伶叫十三旦,名噪京师,老爷们办堂会,必定请十三旦去)刘赶三一席话引得众人大笑不止。

施今墨巧抄妙处方

施今墨生于1881年，卒于1969年，享年八十八岁。他早年悬壶北平，曾有一段时间往来于平津之间。他医术精湛，医德高尚，深得同仁和民间百姓的推崇。

20世纪40年代初，津门富贾金某身体不适，邀中医名家陈方舟先生去诊治。陈先生诊后即开一方，嘱服三剂后再诊。金某服药后，觉得效果不显著，心中烦乱。适逢施今墨抵津，金某听到消息，急忙差人前去相请。

施先生来到金宅，见金某年老体胖，面色黄白，精神萎靡，语声低微。切其脉，细缓无力，望其舌，淡而少苔。金自诉："多月来四肢无力，食不甘味，便稀如水。"施今墨诊断他为气虚之症，当以"四君子汤"补之。金某递上陈方舟所开药方，上书"人参、白术、茯苓、甘草"，原来正是"四君子汤"。陈先生辨症用药都恰到好处。阅毕处方，施今墨说："此方切中贵恙，照服数剂，可愈。"不料，金某连连摆手："不行，不行，已服三剂，病体如故，还望先生高诊，另请处方吧。"

施先生心中思忖：陈方舟与己同道，况且药方准确，怎好改得？金某只服三剂就盼痊愈，心太急切。此方坚持服下去，必会见效。想到这里，他灵机一动，唤人取来笔砚，抖腕开出一方，嘱服二十剂。金某接过处方一看，只见上写："鬼益、杨栌、松腴、国老"四味，金某见原方已改，心中甚喜。

一月后，金某痊愈，差人携礼品赴京酬谢施今墨。施先生笑道："应该谢陈方舟先生，是他治好了金先生的病，我只不过为陈先生抄过一次方子罢了。"来人不解，施先生解释道："人参又名鬼益，白术又名杨栌，茯苓又名松腴，甘草又名国老，还是原方'四君子汤'啊！"

代后记
——我所认识的周简段先生

老报人周简段先生,曾是我的同事,因长我十多岁,而且知识渊博、采编经验丰富,所以我一直把他奉若长辈。

周简段先生是个"老北京",青少年时代在北京读书、工作、生活,对北京的名人轶事、名胜古迹、文物珍宝、文史掌故、艺苑趣闻,以及民情风俗都了如指掌。他曾和我谈起早年间与张恨水一起办报的时候,常常逛天桥,游故宫,访名胜;还谈到抗战末期到香港去办《星岛日报》;当闻讯共和国诞生,欣喜若狂,马上回到祖国的怀抱,返回朝夕思念的北京,又干起了轻车熟路的老本行——新闻工作。孰料,1957年反右时他被打成"右派","文化大革命"中,他又蹲了"牛棚"。凭着一个老知识分子的一颗正直、善良、爱国的心,他总是充满信心地说:"祖国将来肯定会繁荣富强的!"

1976年以后，周先生到香港去继承遗产，便在那里定居了。从1980年1月起，他在香港《华侨日报》副刊开辟了"京华感旧录"专栏，每日一篇，千字左右，一直到1992年该报易主改版方罢。一人主持一个专栏能持续十多年不辍，这在中外新闻史上实属罕见。

中间，他经常回北京，每次见面，我们总是畅饮畅聊。他拿出香港报刊对他文章的评介给我看：有的报章称赞他"知识渊博，文笔优美，是写老北京的权威"；有的刊物评介他"以古都北京为经，短小精炼的文字为纬，系统地缕述京华旧日，细说当年，使昔日事像重现读者眼前，又具探源究始之功，兼且披露不少鲜为人知的重要史事，对保存历史文化贡献殊大"；还说，读了周先生的文章，"备觉亲切，似与周氏把臂遨游，细诉从前，令人低徊不已"。

他还拿出不少读者的来信。尤其是三四十年代著名明星夏霞女士在读了他写的《夏霞演〈人之初〉》之后，给他写的一封上千字热情洋溢的信，对文章中提到她结婚四十周年的纪念照非常感动。信中说："由于这段旧闻，把我的思潮又带回四十年前的上海去了。"接着她回顾了20世纪40年代演《赛金花》和《人之初》话剧的详细情况。最后她感慨地写道："人年纪大起来，总喜欢怀旧、回忆，如果能找个对象谈谈往事，温温旧梦，实在是人生一大乐事。"另外，周先生的不少文章，如《宋哲元及其大刀队》《抗战殉国的张自忠将军》等，被马来西亚、新加坡、美国以及中国台湾等国家和地区的报纸转载,在华人中影响很大。

周先生的专栏文章,1986年曾由香港南粤出版社结集出版,书名《京华感旧录》,由溥杰先生题签,梁漱溟先生作序,分《艺文篇》《风土篇》《人情篇》《掌故篇》和《名胜篇》五卷,附历史照片多帧,印刷精美,弥足珍贵。书中文章短小精练,兴味盎然,于茶余饭后,品读一番,实是美不胜收的艺术享受。该书成为当时香港十大畅销书之一,周先生由此一跃成为香港著名的文史作家。

此后,周先生越写思路越宽,逐渐取材已不限于京城一隅,而是遍及神州大地。内容也不再是单纯的感旧,而是忆旧述新,加上一些现实的见闻和感受,使台、港、澳和海外读者更感亲切和感慨。

1992年,北京的华文出版社要将周先生十几年的专栏文章辑录成书,周先生找我来选编。因全部文章有4000篇之多,我只好精选一下,分成六卷出版,定名"神州轶闻录"。请冰心先生写了总序,请萧乾、季羡林、侯仁之、胡絜青、于若木诸先生为各分册作序,封面请启功先生题签。

书出版后,社会效益颇佳。《文汇报》《新闻出版报》《人民政协报》《中国艺术报》等竞相转载其中的文章,影响愈大。周先生也接到大量读者来信,有赞扬,有鼓励,更多的是希望周先生笔耕不辍,给读者更多的精神食粮。此后，周先生又先后以周彬、周续端、司马庵等笔名在香港的《大公报》开辟了"神州拾趣"专栏，在《港人日报》开辟了"京华内外"专栏，在台湾的《世界论坛报》开辟了"神州感旧"专栏等。

1997年香港回归，周先生更是精神振奋，壮心不已，笔耕愈勤。先生之作与日俱增，影响愈大。今将其二十多年来之全部著作，重新进行分类精选，按十卷出版，书名分别为《字里乾坤》《朝野遗事》《民俗话旧》《文坛忆往》《大戏台》《画坛旧事》《故都文化趣闻》《美食妙谈》《名胜游记》《武林拾趣》。除保留冰心、萧乾、季羡林、胡絜青、侯仁之和于若木诸先生的序文外，又请了著名作家钱世明、赵云声、昌沧、书画家米景扬、民俗学家成善卿等先生分别为新增书作序。从整体看，比之前的版本更全面地展现了周先生二十多年来文史专栏写作的成绩。从内容看，蕴涵的民族韵味和时代精神更丰富、更有深度。

《神州轶闻录》中的文章，虽然篇幅不长，内容也都是轶闻琐事，看似细碎平淡，然皆韵味悠长。现在引当代哲人季羡林先生在原《文化篇》序言中的一段话作为本文的结尾吧：

"哲学家们常说：于一滴水中见大海，于一粒沙中见宇宙。难道在我们这些小的文章中不能见到大的文化吗？所有这些戏曲、文玩、学府逸事等等，又哪一个与文化无关呢？只不过在这里谈文化，不是峨冠博带，威仪俨然，不是高头讲章，而是涉笔成趣，理路天成，于琐细中见精神，微末处见全面，让你读了以后，如食橄榄，回味无穷，陶冶性灵，增长见识。"

冯大彪

2017年6月修订于北京

图书在版编目（CIP）数据

字里乾坤／周简段著. —— 北京：新星出版社，2017.7
（神州轶闻录）ISBN 978-7-5133-2640-7

Ⅰ.①字… Ⅱ.①周… Ⅲ.①随笔－作品集－中国－当代 Ⅳ.①I267.1

中国版本图书馆CIP数据核字（2017）第129012号

字里乾坤

周简段 著

冯大彪 主编

责任编辑：简以宁
责任印制：李珊珊
装帧设计：几木艺创

出版发行：	新星出版社
出 版 人：	谢 刚
社 址：	北京市西城区车公庄大街丙3号楼　100044
网 址：	www.newstarpress.com
电 话：	010-88310888
传 真：	010-65270449
法律顾问：	北京市大成律师事务所
读者服务：	010-88310811　　service@newstarpress.com
邮购地址：	北京市西城区车公庄大街丙3号楼　100044
印 刷：	三河市兴达印务有限公司
开 本：	787mm×1092mm　1/32
印 张：	12.625
字 数：	230千字
版 次：	2017年7月第一版　2017年7月第一次印刷
书 号：	ISBN 978-7-5133-2640-7
定 价：	**38.00元**

版权专有，侵权必究；如有质量问题，请与印刷厂联系调换。

神州轶闻录
（十卷本）

民俗话旧
朝野遗事
故都文化趣闻
文坛忆往
字里乾坤
画坛旧事
名胜游记
美食妙谈
武林拾趣
大戏台

责任编辑：简以宁
责任印制：李珊珊
封面设计：几木艺创

虽然在我九十年的岁月中，七十年是住在北京的……但这几卷里的掌故、风土、艺文、名胜、人情等，大都是我所不知道的。

——冰心

不论是对像我这样怀念老北京，一心希望重温一下故都旧梦的老年人，还是对那些急于了解昨天的青年人来说，这都是一套可心的书，可以放在枕边或搁在旅行包里随身携带的好书。篇幅都不长，既能解闷儿又长知识，必然会越看越有滋味儿。

——萧乾

作者在这里谈文化，不是峨冠博带，威仪俨然，不是高头讲章，而是涉笔成趣，理路天成，于琐细中见精神，于微末处见全面，让你读了以后，如食橄榄，回味无穷，陶冶性灵，增长见识。这种精神的享受，是别的文章无法代替的。

——季羡林

上架建议：文学 随笔

ISBN 978-7-5133-2640-7

定价：38.00 元

扫我，有惊喜

新星好书，尽收于此